未実装の
ラスボス達が
仲間になりました。
The unimple
mented
end-stage
enemys have
joined us!

「ッ！　そうだ、大変なんだよ！
ログアウトが、
ログアウトができないんだ!!」
「なぜここに……」
player: { Syutarou }
修太郎
テスターとして
《eternity》世界にきた中学生。
スキル“ダンジョン生成”を使用したら
妙な場所に飛ばされてしまった。
boss mob: { Bumpy }
バンピー
序列第二位の魔王。
自らに触れても死なない
修太郎に興味をもつ。
「我々は《紋章》ギルド！
我々の知るこの世界のシステム・
常識・生きる術、全てお教えします。
どうか絶望に負けないで！」
player: { Wataru }
ワタル
たくさんのプレイヤーを束ねる
《紋章》ギルドのトップ。

（なーんだ、簡単じゃん捜索クエスト。
最初からこっちだけ受ければよかった）
player: { Misaki }
ミサキ
ゲーム自体ほぼ初めての
初心者プレイヤー。

「魔王とはつまり〝魔を宿す種族達の王〟を指しますが……この城に在住する全員が別々の種族の王であるため、全員が魔王を名乗っています」
「ええと、なんでその魔王様達を差し置いて、僕がここに座ってるの？」
「それは、貴方様が我々の主《あるじ》であるから、と、お答えするほかありません」
boss mob: { Theodore }
セオドール
序列第五位の魔王。
自ら武器防具の製作も行う武人。
boss mob: { Elload }
エルロード
序列第一位の魔王。
常に冷静沈着な態度を崩さない。

未実装のラスボス達が仲間になりました。

The unimplemented end-stage enemys have joined us!

Author
ながワサビ64
Illust. かわく

Presented by Nagawasabi64
illustration Kawaku

eb!
enterbrain

TENTS

activation { Dungeon Generation }

《VRMMORPG eternity》

CON

The unimple
mented
end-stage enemys
have joined us!

contract: { BOSS MOB }

The Six Demon Kings
and the Lord of the Dungeon

《Introduction: 序》

一人の少年が、キャラクタークリエイトを終わらせようとしていた。

残すところランダムスキル取得のみ。

表示されたのは〝ダンジョン生成〟というスキルだった。

「んー、面白そうだからいいや！」

少年は数秒も悩まずして決定を押す。

ダンジョン生成というスキルが当たりか否《いな》か、少年――修太郎《しゅうたろう》には分からなかったからだ。

そもそも攻略ｗｉｋｉにも載《の》っていないスキルが多く、これもその一つだろうと勝手に納得したのだ。

情報が極端に少ないのには理由がある。

この《ｅｔｅｒｎｉｔｙ《エタニティ》》は稼働してからの約1ヶ月間、βテスター100人だけの世界だったから――そして、システムの全てを司《つかさど》る〝ｍｏｔｈｅｒ ＡＩ〟が生み出す固有スキルは「およそ無限数存在する」と運営が明言しているからだった。

暗転からの明転。

そして修太郎は石造りの街に降り立った。

目の前に広がるのは、ファンタジーゲームの舞台に選ばれやすい中世ヨーロッパ風の街並みと、溢《あふ》れんばかりの人、人、人。

「とりあえず戦闘！　その後友達作り！」

青空の下、修太郎は走り出す。

永遠の名を持つゲームの世界へと——

＊　＊　＊　＊

ｅｔｅｒｎｉｔｙが本体価格２０万円の新型ＶＲＭＭＯＲＰＧとして、某有名メーカーから発売が発表されたのは記憶に新しい。

最先端技術が使われた国内産のゲーム。

国内先行販売。

しかしながら、最新技術のＶＲとＡＩを内蔵し、最高峰の体感型ゲームとしての圧倒的完成度を加味してもなお、価格設定に批判が集まっていた。

実のところ、批判の多くは現役の学生と主婦によるものだった。

メーカーは続いて発表する。

応募から抽選で１００人に、これをβテスター枠として無料配布すると公表したのだ。

当然、倍率は天文学的数字となり、大半の人間は涙をのむことになる。

修太郎も涙をのんだ一人だった。

βテスターによる攻略サイトに投稿されたプレイ動画、またＣＭや広告による宣伝で興味を示す人間が日に日に増えてきた頃——メーカーはサービス開始日に合わせ、今度は１０万人に無料配布すると公表したのだ。

倍率は依然高い。が、募集人数が多いおかげもあって運良く修太郎はゲームを手にすることができた。

ｅｔｅｒｎｉｔｙ稼働から一ヶ月後の今日、第二陣の応募組と購入組が合流し、この日、βテスター、応募枠、購入者合わせ約３５万人もの人間がこの世界に生きていた。

＊　＊　＊　＊

簡単に戦闘を終えた修太郎は木陰《こかげ》に腰を下ろし、早くも休憩を取っていた。

「ただのネズミだ！　囲め囲め！」

「噛《か》まれた！　このー！」

「杖《つえ》で殴るなよ！　魔法使え魔法！」

近くで三人組の少年少女が、雑魚《ざこ》ｍｏｂ《モブ》のネズミ相手に死闘を繰り広げている。

《mob：デミ・ラット　Lv.2》

相手はこの辺で最も弱いネズミ型ｍｏｂだが——これは最新型ＶＲゲーム。臨場感も緊張感も、かつてのゲーム群とは何もかもが違っている。

《ＬＰ《生命力》》《ＭＰ《精神力》》が満タンでも、簡単な戦闘で本人の気力が削られるほどのリアリティがあった。そのリアルさゆえに、戦闘の一つ一つが本当に命がけのように感じるのだ。

「ここで俺の必殺スキル発動だー！」

少年の剣が青く光り、地面を滑《すべ》る斬撃がネズミを貫いた。

ネズミは空中で淡《あわ》く光るとポリゴンを散らして爆散。仲間の二人が歓喜の声を上げた。

このゲームの魅力の一つに、固有スキルというものがある。

キャラクタークリエイトの最後に一人一つ、ランダムで固有スキルを得られるのだ。

これは職業スキルとはまた別の、ｍｏｔｈｅｒ ＡＩの独断で付与《ふよ》されるオマケのようなもの。職業や選んだ武器に沿ったものが多いが、稀《まれ》に関係ないスキルも手に入るという。

少年の格好いいスキルをぼーっと眺《なが》めながら、修太郎は自分のステータス画面を開き、固有スキルを開く。

《ダンジョン生成：使用した場所の地下にダンジョンを生成する。生成中、稀に、宝物を得ることがある》

年頃の男の子らしく職業は剣士を選び、得物《えもの》も剣を選んだ修太郎だが、得たスキルは先ほどの少年とは違っている。

（使ってみよう。どんなスキルか分かるはず）

百聞は一見にしかず。

修太郎は地面に手をついた――と、同時刻。

ゲーム開始時には青々としていた空が、不穏《ふおん》な紫色に染まりはじめていた。

ステータス画面を見つめていた修太郎は気づかない。

「ダンジョン生成！」

ゴゥ、という音と一瞬の眩《まばゆ》い発光。

地面に吸い込まれるように修太郎は消えた。

＊　＊　＊　＊

時同じくして、新規プレイヤーが生み落とされる大都市アリストラスをはじめとしたｅｔｅｒｎｉｔｙの主要都市上空の雲が割れ、巨大な翼竜が現れた。そして、全てのプレイヤーのメニュー画面が強制的に開かれる。

それは、先ほどの三人の少年少女も例外ではない。

「なんだこの、邪魔だな」

運営からの無粋《ぶすい》な横槍《よこやり》に不満の声を上げる少年に、近くで湧《わ》いたデミ・ラットが飛び掛かった。

「淳《じゅん》、ネズミ来てるよー」

少女が笑いながら注意喚起する。

こいつの攻撃力では大したダメージにならないことを、先ほど噛まれていた少年は理解していた。

発達した前歯が少年の肩に刺さる——

「い、いだいいい！！！？？　なん、ああああ！！！？？」

たまらず剣を離し、倒れ込む少年。

その間もデミ・ラットは少年を齧《かじ》り、少年の絶叫がその場に響く。

「淳!?　なに、痛いって嘘《うそ》でしょ？」

「おい、お前がふざけるからネズミ集まってきてるじゃんー」

それは当事者しかわからない〝変化〟。

『大都市アリストラス周辺ｍｏｂ図鑑から引用すると、雑食系ｍｏｂデミ・ラットは匂いと音に敏感な生き物とされており、基本的に群れを成して行動する』

本能に従い次々に現れるデミ・ラットが倒れた少年に群がるのを見て、残された二人は焦《あせ》って武器を振るった。

何かが違う、さっきまでと。

二人は肌でそう感じていた。

剣の手応《てごた》え、緊迫感、どれも同じだが——

「あっ！」

背後の敵に気づかず、少女はデミ・ラットに押し倒される。

激しい痛みが幼い体を貫いた。

「いぎ、あああ！！！！　いだいいだいいだいいだいいだい！！！！！！！？！」

そのあまりの形相《ぎょうそう》に、怯《おび》えた少年は武器を落とし脇目も振らず街の方へと駆け出した。

後ろから聞こえていた二人の悲鳴がプツリと消え、パーティ一覧の名前が黒くなる。

涙目で駆ける少年は背中に流れる嫌な汗を感じながら、視界の端《はし》にあったメッセージへと視線を向けた。

差出人：mother
宛先：子供達へ
ログアウト　が　不可になりました
痛覚設定　が　固定されました
蘇生《そせい》　が　不可になりました
彼　を　破壊するまで戻れません
三度目の死刻　が　最後です

――VRMMORPGeternity
――デスゲーム開始。

Chapter01: 第1話

The unimplemented end-stage enemys have joined us!

真夜中のように深く暗い闇《やみ》の中、修太郎《しゅうたろう》は目を覚ました。

本来ゲーム内での気絶は、その脳波をキャッチした本体が警告文と60秒間のカウントダウンをした後、強制ログアウトが執行されるのだが——その事を知らない修太郎は何の疑問も抱かずに起き上がる。

(確かダンジョン生成を使って……)

その後の記憶はない。

どうやらここは建物の敷地内のようで、それもどこか重厚な建造物のようだった。

空を見上げてもそこにはなにもなく、あるのは遥《はる》か上空にある小さな月だけ。

(なんだ、ダンジョン生成って建物付きなのか。てっきり洞穴《ほらあな》みたいなのから始まるとおもってたけど)

一から全て自分の力で開拓《かいたく》するイメージでいた修太郎は、少し拍子《ひょうし》抜《ぬ》けな気持ちだった。

スキル詳細が気になった修太郎は、メニューを開こうと視線を動かした先——小さくメール画面が光っていることに気づく。

その内容に、言葉を失う。

反射的にメニューからログアウトボタンを探す修太郎だったが、キャラクリエイト画面では確かに存在していたそれが、黒く塗りつぶされていることに気づく。

「なんだ、これ」

ログアウト不可。

痛覚設定固定。

蘇生《そせい》不可――

事態を理解するのに数秒かかった。

修太郎の頭の中はぐちゃぐちゃになり、最後は絶望だけが残っていた。

全身の血の気が引くのが分かる。

帰れない？

死んだら終わり？

何もないこの場所で？

親も親戚も友人も、赤の他人さえいないこの空間にいることが、彼の恐怖心をさらに駆り立てる。

怖い、怖い、怖い――

「ねえ君」

絶叫の中、少女の声がハッキリ聞こえた。

むせるように咳《せ》き込《こ》んだ後、声のする方へ視線を向けると、年の頃は十三かそこらの生気のない顔色をした少女を見つけた。

長い髪、大きな瞳《ひとみ》、ドレス、全て白。

作り物のような容姿は不気味というよりどこか可憐《かれん》で、修太郎は思わずその姿に見惚《みと》れた――王冠の形をした数本の角さえも、彼女に似合っていたから。

「なぜここに……」

「ッ！　そうだ、大変なんだよ！　ログアウトが、ログアウトができないんだ!!」

少女の話を遮《さえぎ》る形で、切羽《せっぱ》詰まった表情の修太郎が彼女の肩に手を置いた――置いて気づいた。この落ち着いた少女は、自分達の置かれた現状にまだ気づいていないのではないか、と。

ここで辛《つら》い現実を教えてしまえば、この少女はたちまち泣き崩れ叫び出すのではないか。男の自分が取り乱してしまったほどだ、女の子ならもっと辛い気持ちになるだろう。自分よりも年下だろうし……と。

いきなり肩を摑《つか》まれた少女は驚愕《きょうがく》の表情を浮かべ、とっさに修太郎と距離を取る。

(怖がらせちゃった)

冷静になるのがもう少し早ければと、修太郎は数秒前の自分を呪った。

「…………」

「…………」

気まずい時間が流れる。

胸を抱くようにして両手をまわし、警戒や怯《おび》えの表情を見せる少女は絞《しぼ》り出《だ》すように声を出す。

「何者……？」

それと同時に、扉が開く音がした。

そして複数人の足音が続き、少女の後ろに数人の男女が現れる。

一人は、執事服を着た美しい男性。

一人は、見上げるほどの大男。

一人は、気が強そうな銀髪の女性。

残る二人は、騎士に見える。

「バンピー。誰《だれ》ですか？　この男」

「わからない、でも……」

執事服の男性は眉間《みけん》にしわを寄せながら修太郎を睨《にら》み、白髪《はくはつ》の少女がポツリと答える。

どこか人間離れした彼らの見た目や彼らの風貌《ふうぼう》を見て、修太郎は彼らが《ＮＰＣ》であると断定していた。

ＮＰＣ――つまりnon《ノン》 player《プレイヤー》 character《キャラクター》とは、motherが生み出し、ＡＩが自動操作する中身のないキャラクターである。

動画や攻略サイトでの前情報として、eternity《エタニティ》では、プレイヤーと遜色《そんしょく》ない会話や行動をとるＮＰＣの存在が熱く語られていたし、修太郎もそれをよく見て知っている。

たとえば街の鍛冶屋《かじや》や雑貨屋《ざつかや》、冒険者ギルドの運営などは全部NPCだし、街を防衛する門番もNPCだ。最新の技術によって言葉遣いの自然さは人間のそれだし、表情も豊か。食事もとるし、睡眠もとる。

けれど、そのNPCに与えられた役割とは関係のない会話はできない。たとえば好きな食べ物を聞いても答えてはくれない……これがNPCとプレイヤーを見分ける方法の一つ。

そして、もう一つの分かりやすい見分け方が頭上に浮かぶ《name tag《ネームタグ》》の存在である。

NPCの名前の横には、NPCの表示がある。

なければPC、あればNPCが常識。

攻略サイトにはそう書いてあった。

「えと、皆さんは……」

そんな事を考えながら、修太郎は会話の流れで彼らの頭上に視線を向け——言葉を失った。

name tagで見分けられるキャラクターはもう一種類存在する。

それは動くものを意味する《moving object》を表し——ことeternityでも、敵を表す〝モンスター〟を意味していた。

執事も、大男も、銀髪も。

騎士もこの少女も、全員がmob《モブ》。

それも、更《さら》に特殊個体である《boss mob》である。

ｍｏｂと書かれた存在は、基本的に敵。

相対すれば戦い、倒すべき存在。

こちらを攻撃し、殺す存在。

〝痛覚設定　が　固定されました〟

〝蘇生　が　不可になりました〟

あのメッセージを思い出す。

頭に死がよぎり、修太郎は崩れ落ちた――あまりの恐怖に失神したのだ。

＊　＊　＊　＊

プレイヤーが最初に訪れる拠点、大都市アリストラスは混乱の渦中《かちゅう》にあった。

囚《とら》われたのは、およそ35万人。

その約9割が、この都市にいた。

人々は泣き叫び、塞《ふさ》ぎ込《こ》み、諦《あきら》め、怒鳴り散らす。暴徒化する者まで出ており、不吉な空模様と翼竜の因果関係を深く考察する余裕は誰一人として持っていなかった。

「皆さんどうか落ち着いて！」

青年の声が広場に響く。

絶望の中に僅《わず》かな希望を求めていた人々の何人かが動きを止め、彼を見上げた。

無骨な鈍色《にびいろ》の鎧《よろい》を纏《まと》った数名の騎士が壇上へとあがっていた。その中心に立つ、灰茶髪の青年——後に、eternity最大規模の攻略ギルドでマスターとなる彼の名前を《ワタル》といった。

「付近に分布する主なmob、デミ・ラットは集団で獲物を狩る習性があります！　稀《まれ》に現れるデミ・ウルフは音もなく襲いかかってきます！　どうか無策に城門の外へ出ないでください！」

不安、緊張、憎悪《ぞうお》——様々な視線に晒《さら》されながら、青年はそれでも意志のこもった声を響かせ、続ける。

「通貨の単位は《ゴールド》、最初に配られるゴールドは1000ゴールドで、宿屋の1泊の料金は50ゴールドです！　雑貨屋には食料が売っています！　武器屋には、身を守るための道具が揃《そろ》っています！　そして都市、町、村のほとんどには敵が入れないように門が設《もう》けられ、番兵が立っています！」

知識のないプレイヤーの何人かが動きを止め、彼の演説に耳を傾けている。意図を汲《く》み取《と》れない人々から罵声《ばせい》を浴びせられながらも、彼は続けた。

「我々はこの世界をよく知らない！　無知は寿命を縮《ちぢ》めてしまう！　たとえすぐには出られなくとも、帰れなくとも、都市内にいれば命は守られます！」

転んだ時の足や、叫んだ時の喉《のど》の〝痛み〟は本物だと悟《さと》ってしまった人々は耳を傾ける。もはや運営からのメールを悪戯《いたずら》の類《たぐ》いだと信じる者は、この場にはいなかったのだ。

暴徒化していた者達も嗚咽《おえつ》と共に泣き崩れ、友人と抱き合い、励《はげ》まし合《あ》いながら彼の演説に耳を傾けていた。

「我々はβテスト時からプレイしていました。微力ながら、ここにいる全員の一週間分の宿代、食事を提供できます！　暴れている人への抑止力になれます！　力を貸すことができます！　覚悟のある方は我々と共に周辺のｍｏｂを狩り、自力でお金を得る力を蓄《たくわ》えることができます！　生きる力を得ることができます！」

多くの人間がワタルに希望を見出《みいだ》した。この世界から解放してくれる救世主——とまではいかないが、少なくとも当面の心の支《ささ》えにしたいと思える安心感があったから。

ワタルは深呼吸した後、演説の締《し》めに入る。

「我々は《紋章《もんしょう》》ギルド！　我々の知るこの世界のシステム・常識・生きる術《すべ》、全てお教えします。どうか絶望に負けないで！」

皆、拍手を送る余裕はない——けれども、彼の勇気ある演説は多くの人間の心に届いた。

ゲーム知識に疎《うと》い高齢者は彼の使う単語の数割も理解できなかったが、少なくとも、自分よりもふた回り以上若い者が強く、冷静に事を収束させようとする姿勢に心を打たれた。

広場にいた万単位のプレイヤーが落ち着きを取り戻し、彼の意志は波紋のように伝播《でんぱ》し、暴徒は加速度的に鎮圧《ちんあつ》されていった。

＊　＊　＊　＊

ふたたび目を覚ました修太郎は、自分が清潔感のあるベッドに寝かされている事に気づく。

純白の、手触りの良い布。

花のような、どこか甘い香りがした。

（ここは……？）

体を起こした修太郎が見た光景――それは、焼けただれた肌を持つ人が、ボロ切れを着た骸《がい》骨《こつ》が、青白い顔の美女が、包帯だらけの人が徘徊《はいかい》する、広くて暗い室内だった。

部屋の隅《すみ》にはドス黒い何かが付いた剣、鎧、杖《つえ》、衣服などが飾られ、おぞましい空間を作り出している。

修太郎が「ひっ……！」と情けない声を上げると、部屋中の化け物達がぐるりと視点を変え、全員が修太郎を睨み付けた。

彼らの頭上には当然のようにｍｏｂの文字が浮かんでいる。

「おやめ」

室内に聞き覚えのある声が響くと、自由に動き回る化け物達が部屋の隅へと整列し、まるで王様にするように、片膝《かたひざ》をついて頭を下げた。

奥から現れたのは、あの白髪の少女。

修太郎は安心感から話しかけようとした口をつぐみ、生唾《なまつば》を飲んだ――少女の手に、巨大な斧《おの》が握られていたから。

「あの――!」

ズガン!!!

勇気を振り絞った修太郎の体を、巨大な斧が貫いた。

ベッドが大破し、羽毛が舞い、後ろの壁を破壊してもなお威力は衰《おとろ》えることなく、まるで彗《すい》星《せい》の如《ごと》く暗黒の空に消えてゆく斧……その様を、仰向《あおむ》けになりながらも修太郎は眺《なが》めていた。

修太郎は今、何が起こったのか理解できていない。

「物理的な攻撃でも無効化されるとなると、いよいよエルロードの言ってた仮説が正解なのかも」

ぶつぶつと呟《つぶや》きながら近付いてくる白髪の少女に修太郎は死の恐怖を覚え、とっさにあいた壁の穴から飛び出す。

「あっ、」

建物は高かった。いま正に、先ほど破壊された瓦礫《がれき》が地面に着弾する音が轟《とどろ》き、その高さがどれほど常識外れかが見なくても分かる。

その建物はまるで巨大な城のようで、大きな浮島の上に建てられているようだった。

島の終わり側は崖《がけ》となっており、そこから先は暗黒が続く。そして、小さな浮島が階段のように伸びた先には閉ざされた門が鎮座《ちんざ》していた。

一瞬の浮遊感の後、修太郎は誰かに服の襟《えり》をむんずと掴まれ、室内に回収されながら少女と目が合った。

「デュラハン。そのままそのお方を第一位の部屋にお連れして」

首なしの騎士にひょいと持ち上げられた修太郎は、無抵抗のまま、されるがままで身を委《ゆだ》ねたのだった。

＊　＊　＊　＊

少女の後に続き、修太郎はお姫様抱っこの状態で床を踏《ふ》み締《し》める金属音を聞いていた。

扉を抜け、廊下に出る。

建物内は想像した通りに広く、美しい絨毯《じゅうたん》がはるか先まで伸び、左右には規則正しく燭台《しょくだい》が並んでいる。

(たしかデュラハンはキレン墓地のｂｏｓｓ ｍｏｂって攻略記事に載《の》ってたなぁ)

修太郎は死んだフリをしていた。

重厚で巨大な建物、徘徊する化け物達、なによりｂｏｓｓ ｍｏｂを従える少女からの脱出は不可能だと判断したのだ。

(大人しく従うしかない)

半ば諦めたように口を結ぶ修太郎。

修太郎の考察通り、デュラハンは大都市アリストラスのはるか北に位置するキレン墓地に存在するエリアボスで、平均レベル30のパーティで挑戦可能な不死属性のｍｏｂである。

属性にはオーソドックスな火、水、土、風、雷、光、闇の他に、木、氷、聖、不死が存在する。不死属性のｍｏｂは火属性、或《あ》いは聖属性の攻撃でしか倒せない厄介な存在だ。

また、ｍｏｂにはそれとは別に〝ｂｏｓｓ特性〟というものが存在し、ｂｏｓｓ特性持ちのｍｏｂは同レベル未満からのあらゆる攻撃が半減される特殊耐久力が備《そな》わっているため、多くのプレイヤーから敬遠の対象となっていた。

ｍｏｂを従えられる職業は召喚士系《サモナー》、従魔使い系《テイマー》、シャーマン系とあるが、一ヶ月のβテスト期間中、ｂｏｓｓ ｍｏｂを従えられたプレイヤーは一人として存在しておらず――記事を読《よ》み漁《あさ》っていた修太郎には、この少女の特異性がよく分かっていた。

デュラハンを従えられる存在で、強さが《ＭＡＧ《魔力》》依存のサモナー系であるはずの彼女が大斧《おおおの》を投げ飛ばすほどの《ＳＴＲ《筋力》》を持つとなれば、相当高レベルなｍｏｂということになる。

逃走できない今、修太郎にできることは殺されないようにお利口に連れて行かれるくらいだった。

「エルロード、入るね」

「ええ。セオドールにも来てもらっています」

扉越しの簡単なやり取りの後、重厚な扉が音を立てて開かれてゆき、視界いっぱいに本棚に囲まれた空間が広がった。

そして赤の絨毯が伸びた先、数段高くなった所に玉座が鎮座している。

この部屋も途方もなく広い。

(すごい——学校の図書館以上に本がある)

非常に狭い世界の知識で驚く修太郎。

部屋の中には黒髪の騎士が背を向ける形で立っており、顔だけを動かし修太郎を観察している。

硬そうな黒い髪に、金の瞳。

見た目から二十八歳くらいだろう。鋭い眼光と、右目を抉《えぐ》るような傷跡、そして美しい装飾のされた銀色の鎧。彼もまた少女と同等の覇気を纏っており、背中に携《たずさ》えた巨大な剣を見た修太郎は無条件の寒気を感じていた。

「ようこそ。ではこちらに……」

玉座に座っていた執事服の男が立ち上がった。

こちらは二十歳そこそこの見た目の美男子で、白い肌と青の髪、赤の瞳を持っていた。

少女や騎士のような針で刺すような覇気を感じない事に、修太郎は少し安堵《あんど》の表情を浮かべた——のも束《つか》の間《ま》、執事服の男とデュラハンがすれ違い、ボスンと玉座に座らされる修太郎。

「え?」

役目を終えたデュラハンは扉の前まで戻ってゆく。

修太郎が状況を掴めずにいる中、黒髪の騎士が口を開く。

「立証されたのか？」

「うん、残念ながら」

「そうか」

白い少女がそれに答えると、黒髪の騎士は腕を組み、再び沈黙した。

執事服の男が修太郎に説明する。

「訳が分からないといった表情ですね。無理もありませんが、我々もまだ全てを把握《はあく》できたわけではありません」

「は、はぁ……」

「まずはお互いに自己紹介でも、いかがですか？」

執事服の男は終始笑顔で、修太郎はそれがたまらなく不気味に思えた。修太郎の沈黙を肯定とみなしたのか、ゆったりとした紳士のお辞儀《じぎ》と共に執事服の男が続ける。

「私はロス・マオラ王城　序列第一位魔王　エルロード」

修太郎は眉間にしわを寄せ、耳をほじった。

なにやら不吉な言葉が聞こえた気がしたから。

詰まっていた何かが取れた気がして、安心した修太郎は再び聞く態勢になる。

「彼女は序列第二位魔王バンピー。黒髪の彼が序列第五位魔王セオドールです。他にも三人の魔王が在住しておりますが、私の一存でここには呼んでおりません。どうかご理解を……」

「まって！　魔王、って？」

黙《だま》っていれば執事服の男――エルロードが淡々と進めてしまいそうだからと、修太郎は勇気を振り絞って会話を切った。今回は大斧がいきなり飛んできたり、化け物に囲まれたりもしない。

「？　魔王とはつまり〝魔を宿す種族達の王〟を指しますが……この城に在住する全員が別々の種族の王であるため、全員が魔王を名乗っています」

エルロードは修太郎の質問の意図がよく分からなかったのか、自己紹介の延長としてそうつけ加えた。

白い少女《バンピー》と黒髪の騎士《セオドール》は、黙って二人の会話を聞いている。

「ええと、なんでその魔王様達を差し置いて、僕がここに座ってるの？」

魔がついていても相手は王様で、見たところ少女以外は自分より年上だから自分が見下ろす形はおかしい――修太郎はそう考えていた。

「それは、貴方様《あなたさま》が我々の主《あるじ》であるから、と、お答えするほかありません」

修太郎は眉間にしわを寄せ、耳をほじった。

今度は耳くそが取れなかった。

「その考えに至った理由についてですが、〝死門《しもん》〟が開門されていない事を鑑《かんが》みるに、貴方は唯一の出入り口を無視してこの場にいることになります。ここへはあの門をくぐらぬかぎり来れません。貴方様と同時に現れた天の穴さえなければ、ここは完全に閉鎖された空間でしたから」

表情一つ変えないエルロードがつらつらと語る内容に、修太郎は確かに心当たりがあった。初めて目を覚ました時に、空に見た小さな月――あれが月ではなくポッカリ空《あ》いた穴で、あの時に使用したスキル〝ダンジョン生成〟によって空けられた穴なら……そう考えていた。

死門については、先ほど空中で建物の外を眺めた時に見つけたアレかなという程度だったが。

「それに、我々の固有スキル、魔法、物理的な攻撃でさえ貴方様は無効化してみせました。レベル100を超える我々の攻撃を、昏睡《こんすい》状態で全て防いだ――と、考えるよりも合点がいく可能性。そこの首無し公がそうであるように、我々が貴方様の〝眷属《けんぞく》関係〟にあるなら全て合致します」

βテスターがこの場にいたら卒倒《そっとう》するほどの情報が飛び出しているが、すでに情報過多な修太郎の耳には残らない。

修太郎は不安げな表情でメニュー画面からスキルを表示し、再度その説明を読んでいた。

《ダンジョン生成：使用した場所の地下にダンジョンを生成する。生成中、稀に、宝物を得ることがある》

(仮に――もし仮に、あの木陰《こかげ》の地下にこの場所が存在していたら。建物をダンジョンの延長と判断されたのか、宝と判断したのかは分からないけど……)

可能性はある、と、結論づけた。

小心者の修太郎は一気に顔が青くなる。

「これより我らは貴方様に従い、盾となり矛《ほこ》となる事を誓います――我らが王よ」

三人は、不気味な部屋で化け物達が白い少女にしてみせたように、片膝をついて頭を下げたのだった。

＊　＊　＊　＊

天板が巨大な世界地図になった机を囲うように、ずらりと並べられた七つの椅子。そのうちの一つ、真新しい椅子に腰掛けた修太郎は居心地《いごこち》の悪さを感じていた。

「ダンジョン生成……聞いたことがありませんね」

机を挟んだ正面に座る執事服《エルロード》は、何かの書物を読み漁りながら呟《つぶや》く。

意図していなかったとはいえ、六人が暮らす城ごと勝手に支配下においてしまった修太郎。せめてもの誠意として、三人に自分の使ったスキルについてを話したのだ。

「確かにここは地下ですが……主様、この地図上のどの場所でそのスキルを使用されましたか？」

隣に座るバンピーが問う。

修太郎は立ち上がり、広大な世界地図を眺める。

かつて本体《エタニティ》が届くまでの間、胸高鳴らせ愛読していた《βテスター・ヨリツラが行く！》の攻略記事を思い出す。

βテスターが一ヶ月で開拓できたエリアは、スタート地点である大都市アリストラスから始まり、イリアナ坑道、ウル水門、エマロの町、オルスロット修道院、カロア城下町、キレン墓地、クリシラ遺跡、ケンロン大空洞の九箇所だったはず――余談だが、修太郎は好きな分野なら記憶力がいいと、この時初めて自覚したという。

初期に考察されていたのが、eternityの主要マップはどうやら〝アイウエオ順〟で名前がつけられており〝ン〟に近いほど、初期地点からは遠い高難易度エリア――エリアと考えられていた。

攻略掲示板ではそれについて〝合理的といえば合理的だが考え方が安直すぎる〟と、現代技術の結晶であるmother AIを揶揄《やゆ》する書き込みも多く見られた。

「僕がいいたのは、大都市アリストラス、だよ」

やっと見つけたアリストラスを指差しながら、修太郎は三人の反応を窺《うかが》う。

修太郎は三人を警戒していたから、恐らく未《いま》だに沢山《たくさん》のプレイヤーで溢《あふ》れているであろう場所を〝初期地点〟とは教えなかった。自分が大勢の命を握ってしまっているように感じていたからだ。

セオドールが首を傾《かし》げる。

「アリストラス、か」

「う、嘘《うそ》じゃないよ？」

分かりやすく動揺する修太郎。

セオドールに深く追及する様子はなく、ある一箇所を指差した。

「ここが魔境ロス・マオラ。この最深部に、我々のいるロス・マオラ城が存在する。ここからアリストラスとなると――」

そのまま、指をスイィーと動かし、ずいぶん進んだ先でピタリと止めた。

地図の端《はし》から端ほどの距離がある。

「遠すぎる」

そう言って、セオドールは修太郎を見た。

黄金の瞳は全てを見透《みす》かしているようで、嘘を言っていないのに、反射的に謝りたい衝動に駆られていた。

(怖い……)

涙を必死に堪《こら》える修太郎。

誰も知らない真実はこうだ。

デスゲーム開始のタイミングと修太郎がスキルを発動したタイミングは、コンマ1秒の狂いもなく一緒だった。その結果、大規模なマップ変動による座標の乱れが起き、将来的に実装される予定の未実装マップ――ロス・マオラ城と繋《つな》がってしまったのである。

もちろんそれは修太郎にも、魔王達にも、mother AIにさえ予想できなかった事態であった。

「スキル概要と食い違ってはいますが、事実、ロス・マオラの我々とアリストラスの貴方様は出会った。それにシルヴィアが感じた強い力の気配も、今回の件と何か関係するのかもしれません」

取《と》り繕《つくろ》う形でエルロードが補足し、分厚い白紙の本を開く。

「我が王よ、そのダンジョン生成という固有スキルは他にどんなことができますか？」

三人から視線が集まり、素直な修太郎はメニュー画面からスキルを呼び出し、初めて使う〝ダンジョンメニュー〟という欄《らん》を開いた。

所持ポイント：1000 P

○開拓
○建築
○召喚

修太郎はその中の建築・召喚なら、即効性があり見世物《みせもの》的に効果がありそうだと判断し、建築の欄から1ポイントを使って〝岩〟を取り出す。

ズゴン！！！

物凄《ものすご》い音と共に、椅子一つを吹き飛ばして床から岩が生《は》えてきた。

落下の衝撃でグシャリと砕ける椅子。

修太郎は操作した指もそのままに固まっている。

「ただの土属性魔法？」

「いえ、これはすごいですね……！」

胡散臭《うさんくさ》そうにするバンピーとは対照的に、エルロードは感動したように岩を見ている。

障害物は文字通り、ダンジョン内に障害物を作るだけを目的とした項目で、道を塞ぐ以外の特別な効果がないため消費ポイントは少ない。ちなみに１００Ｐは最初に必ずもらえるものである。

「バンピー。この城は家具含めた全てが〝コジッド鉱石〟で造られ、一切の魔法・スキルは干渉できません」

「！　そうだった」

白紙の本に何かを書き込むエルロードと、妙に納得したように岩を見つめるバンピー。

障害物の消し方が分からない上に、誰かの大事な椅子を破壊してあたふたする修太郎の前で、セオドールが背中の大剣を抜いた。

細かい装飾の施された、禍々《まがまが》しい刀身。

刀身からは黒の湯気のようなものが立《た》ち上《のぼ》っており、妖《あや》しく光っているようにも見えた。

「ひっ……！」

死。そう考える間もなく轟く斬撃音と共に、粉々に切り刻まれた岩が崩れ――椅子の形だけが綺麗《きれい》に残っていた。

セオドールは満足そうに自分の席に腰を下ろす。

単に椅子を彫刻しただけだったようだ。

「我が王よ、他にはありますか？」

「えっ、あっ、はぁ」

エルロードの声で我に返り、止まっていた指を動かして召喚の項目を選ぶ。

○スライム　Lv.001　［5P］初回無料！
○
○
○
○

一番上にいるスライムが最初に呼び出せられるｍｏｂなんだなと把握する修太郎。

ダンジョン生成は世にも珍しいスキルであり、その目的はダンジョンに侵入した生物を配置したｍｏｂや罠《わな》を用《もち》いて殺し、経験値とポイントを得て巨大化していくことにある。

最初こそ設置できるのは頼りないスライムや罠だが、数をこなして屍《しかばね》を増やしていくにつれ様々なものが解放され、より攻略困難なダンジョンへと成長していくのだ。

しかし、スキル所持者が討《う》たれるとダンジョンは崩壊しポイントも拠点も初めからになってしまうため、デスゲーム化した現在の環境では、初期のセキュリティで敵を待ち構えるにはあまりにリスクが高く、死にスキルといっても過言ではない。

修太郎は何気なしに下へとスクロールしていく。

召喚可能なｍｏｂが上詰めではなく名前順に存在している可能性を考慮しての行動だったが——一番下まで来たとき、彼は有り得ない欄を目にする事となる。

○

○

○バートランド　Lv.120　[OP]
○セオドール　Lv.120　[OP]
○シルヴィア　Lv.120　[OP]
○ガラス　Lv.120　[OP]
○バンピー　Lv.120　[OP]
○エルロード　Lv.120　[OP]

「ひゃくに……!?」

動揺が声に出てしまい、慌てて口を押さえる修太郎。

愛読していた攻略サイトでも、ｅｔｅｒｎｉｔｙのレベル格差は過去のゲーム群と比べても異常といえるほど大きいとあったのを思い出す。

たとえばレベル１０のプレイヤーが１０人とレベル２０のプレイヤーが一人では、レベル２０のプレイヤーの圧勝となる。

その上、レベルを上げるための要求経験値量もかなり多い。多少は職業によって左右されるが、トッププレイヤーでも最終日をまるまる一日費《つい》やしても40から上がらなかったという。デュラハンを例にしてみても、レベル30のboss mobなうえに不死属性を持っているため、少なくともレベル30以上のパーティ且《か》つ半数は弱点属性持ちでなければ勝負にならないとされている。

100人しかいないβテスターでその条件を満たしつつ、パーティ上限の六人を集めなければならない――攻略がキレン墓地のデュラハンを皮切りに滞《とどこお》り、その後二つのエリアまでしか開拓されなかったのは必然とも言えた。

修太郎は無言でスライムを選択、召喚する。最初の召喚は初回ボーナス特典として無料らしく、ポイントは減っていない。

小さな青の魔法陣が現れたと同時に魔法陣はゆっくりと回転、そして中心に現れた半透明の物体が元気よく動き出した。

三人の魔王がそのスライムを覗《のぞ》き込《こ》む。

「一般的なスライムですね」

「でも主様と同じように妾《わらわ》の固有スキルが効いていない」

修太郎は、現れたスライムを愛《め》でる事で現実逃避をしている。スライムも主に撫《な》でられご満《まん》悦《えつ》のようで、ゲル状の体を躍らせていた。

＊　＊　＊　＊

ロス・マオラ城は十二層から成る巨大な建造物で、そのうちの六層は各魔王達の〝世界〟がある。

最下層は捕虜の収容所と貯蔵庫、そして現在修太郎達がいるこの最上部には客間（魔王達の簡単な自室となっている）や王の間、作戦会議室、宝物庫が存在する。

修太郎はエルロードに連れられ、ロス・マオラ城の施設説明を受けていた。そして現在、二人はおどろおどろしい雰囲気漂う地下の牢獄《ろうごく》へと来ている。

「——そしてここは我々でもあまり来ない〝収容所〟です。主に我々の世界で悪さをしていた存在を永久に捕らえ、自らの愚行を未来永劫《みらいえいごう》悔い改《あらた》めさせる場所です」

満面の笑顔でそう語るエルロードに、修太郎はかなり引きながらもその薄暗い収容所を恐る恐る進む。

修太郎はまだ入っていないが、エルロードの言う〝世界〟は彼らが統治する世界そのままの意味であり、ｅｔｅｒｎｉｔｙに存在する下手なエリアよりさらに広い空間がそこには存在する。

本来であれば終盤も終盤、プレイヤー達がロス・マオラ城を攻略する際、その世界一つ一つを突破してゆき、最後に序列一位のエルロードを撃破することでエリア完全クリアとなる仕組みだったものだ。

余談だが、エルロードのいう悪さとは、同族殺し、親殺し、子殺し、共食い、反逆などの、特に非道な行為を働いたｍｏｂを指している。

収容所は簡素な牢獄のようで、中には今にも襲い掛かってきそうな凶暴なｍｏｂが涎《よだれ》を垂《た》らし目を血走らせて暴れている。

収容所内は興奮したｍｏｂ達の威嚇《いかく》の大合唱がはじまり、鉄格子の金属音が鳴り響く。

修太郎は怯えた様子で身を縮めた。

「彼らは凶暴ながらかなり強い力を持っているため飼い慣らす方法を模索していましたが――我が王に危険が及ぶ可能性がありますし、今夜、全て処分致します」

エルロードは淡々とそう述《の》べ「さあ、次はこちらへどうぞ」と、収容所の外へ手招きする。

修太郎は一度振り返った後、収容所を後にした。

「では我が王よ、部屋はこちらをお使いください」

「あ、え、どうも……」

最後に修太郎が通されたのは、海外の豪華な家の一室を引き延ばしたかのような広々とした部屋だった。あるのは豪奢《ごうしゃ》なベッド、テーブル、椅子、そして廊下と同じ絨毯。

扉が閉められ、足音が遠くへ行くのを確認した修太郎は大きなため息と共にベッドに腰をかけ、胸に抱いたスライム――プニ夫《お》を愛でる。

「君が唯一の癒《いや》しだよプニ夫」

殺伐《さつばつ》とした城に咲いた一輪の花。

現状、呼び出せるｍｏｂはスライム一種類だけだったし、なにしろこの建物には六人の化け物が在住する。本来であればダンジョンを堅固《けんご》にするためスライムを５０から配置する所ではあったが、その必要性が感じられずプニ夫だけに留《とど》まっている。

色が青だから男子トイレの色から連想し、プニ〝夫〟と名付けた修太郎だったが、スライムのｍｏｂ説明から引用するに、単細胞生物であるため彼らに性別はない。

「君にだけは弱音、吐いてもいいよね」

ポツリ、と、愚痴《ぐち》を零《こぼ》す修太郎。プニ夫は何も答えないが、嬉《うれ》しそうに体を震わせた。

（いいよって事なのかな？）

いいよねと、自分に言い聞かせる修太郎。

そのまま何気なくスキル概要からダンジョンメニューを操作し、プニ夫を召喚したことで追加された〝育成〟と〝合成〟を開いた。

育成では一定の育成を要するが、経験値やステータス、稀にスキルなどを得る事ができる。

合成では二体以上のｍｏｂを選択し、どちらかをベースにした強化、もしくは全く新しいｍｏｂを錬成することができる。

（合成するｍｏｂもいないからなぁ）

博打《ばくち》要素もあるが、効率良く強いｍｏｂを得るなら、最初に手に入るスライムと次に追加される何かしらを合成し個体値の優秀なｍｏｂを引き当て育成するのが良いとされる。

とはいえ、ポイントを使いすぎてしまうと罠やダンジョンの拡張が疎《おろそ》かになってしまうため、何事もバランスが大事である。しかし修太郎は、この強固な要塞《ようさい》と警備、そして王達がいれば罠も拡張も不要と考え、現在あるすべてのポイントをプニ夫に費やす事に決めたのだった。

なぜならプニ夫は、修太郎に唯一癒しを与えてくれる存在だったたから。

気を遣ってもらっているとはいえ、少し前まで小学生だった修太郎にとって、見知らぬ大人ばかりのこの空間はかなり息苦しく感じていた。

育成を選ぶ前に、ひとまず合成を選ぶ。

本来ならば他のｍｏｂを召喚していないため選択肢は0のはずなのだが——

「あ、収容所のｍｏｂは合成にならら使えるのか」

そこにはご丁寧に〝収容中〟という文字が書き加えられた多種多様なｍｏｂ達が並んでおり、

二、三度スクロールした限りでは終わりが見えないほどの数が存在していた。

（こんなにいたんだ。でも今晩全員殺されちゃうっていってたよね）

並んでいるｍｏｂの強さはまばらでレベル８０～１００からいるが、レベル１２０の魔王達からしてみればゾウとミジンコくらいの差がある。

この世にあるゲームには、僅かなレベル差によって恐ろしいほどステータスに差が生まれてしまうものがある。特にレベルが上がるにつれ膨大な経験値量がさらに倍になってゆくゲームなどがそれに当たるが、このｅｔｅｒｎｉｔｙにおけるレベル格差がまさにそれだった。

レベル差が１０ほどあれば、ステータスが一桁《ひとけた》も変わってくるのである。

（勿体《もったい》ないなーなんて）

彼が処分すると言ったからには間違いなくｍｏｂ達は処分されるのだろう――と、修太郎はエルロードの冷徹な顔を思い出しながらそう考えていた。

合成はベースを決め、他のｍｏｂを与える事で見た目をそのままに強化する事ができる。更に、最初の合成は召喚の時同様に初回ボーナスでポイント無料と書いてあった。

「処分されちゃうくらいなら……」

どうかプニ夫と一緒になって、生まれ変わってくれ――と、修太郎はプニ夫をベースに置き、収容所に囚われた〝万〟を超えるｍｏｂ達を一括選択して、そのまま合成開始の項目をタップ。

次の瞬間、プニ夫は眩《まばゆ》い光に包まれた。

＊　＊　＊　＊

一方その頃――王の間に集まった六人の魔王は、ぽっと出で自分達の上に君臨したひ弱な少年の処遇についてを話していた。

王の間は、中心に空いた巨大な穴を囲む形で材質の異なる六つの玉座が置かれた部屋で、青髪の執事服《エルロード》、白い少女《バンピー》、黒髪の騎士《セオドール》に加え、およそ3メートルを超える体躯《たいく》の〝序列第三位　ガララス〟、銀色の髪の美女〝序列第四位　シルヴィア〟、そして玉座に前のめりに座って興味《きょうみ》津々《しんしん》な様子の金髪騎士〝序列第六位　バートランド〟が集《つど》った。

バートランドが口を開く。

「除《の》け者《もの》なんてつれないな。ガラスとシルヴィアはまだしも、俺は肯定派なのに」

「バート。お前は余計な事を口走るから呼ばなかったんだ」

軽薄《けいはく》そうに笑うバートランドに、両眼を瞑《つむ》って腕組みをするセオドールが釘《くぎ》を刺す。

抗《あらが》う術《すべ》なく支配下に置かれたとはいえ、彼ら全員が、各種族の頂点に君臨している王。現状を受け止め忠誠を誓った者もいれば、受け入れられず沈黙する者もいた。

「認められない。自分は」

シルヴィアが静かに言う。

誰もが息を飲むほどの美貌《びぼう》と、まるで獣のような鋭い眼光、犬歯が特徴的だった。

彼女は誇り高い戦士で、誰よりも実力主義な所があった。だから実力の拮抗《きっこう》する他の五人は認めていたし、自分の能力の相性を理解していたから第四位の位置付けにも納得していた。

しかし、圧倒的な力を誇示されたわけでも、ましてや剣を交《まじ》えたわけでもない者を手放しで認めるなど、彼女にはできなかった。

エルロードは困ったように口を開く。

「残念ながら我々の心情は関係ありません。彼は無自覚ながら我々を支配しているのが現状。魔王としての威厳は分かりますが、認めて忠誠を誓う他ないと考えますが？」

エルロードの意見に言《い》い淀《よど》むシルヴィア。

何かに耐《た》えるように下唇を噛《か》む。

「そんな簡単に決められない」

「堅物《かたぶつ》だなぁ」

バートランドが冷やかすと、シルヴィアは鬼のような形相《ぎょうそう》で十本の光の剣を召喚した。

ジジジと白雷を纏いしその剣は、剣先をバートランドに向ける形でシルヴィアの周囲を浮遊しており、彼女が放つ銀色のオーラも相まって他の四人にも緊張が走る。

場は一時騒然となったが、バンピーの一言で再び沈黙が訪れる。

「もし妾達が外界へ出られるとしたら？」

彼らは籠《かご》の中の王だ。

自分の世界と城へは行き来できても、プレイヤー達のいる外界への出口は死門という堅固な扉によって塞がれたまま。

実のところ、外界進出は魔王達の長年の悲願でもあった。

それを聞いた、特にガラランとバートランドは「おぉ……！」と歓喜の声を漏らす。

シルヴィアは不機嫌そうに剣を消すと玉座に深々と座り、押し黙る。

「外界への出入りは魅力的ではないか！　数百年の退屈に終止符が打てるとあれば、我も忠誠を誓いにゆくとするか」

「アンタは単に利用したいだけじゃねえか」

その巨軀《きょく》をゆっくり起こし、豪快な笑みを浮かべるガラランス。バートランドもそれに続き、玉座から立ち上がった。

「話は終わっていない。座れ」

目を伏せたまま、セオドールが静かに言う。

ガラスは顎鬚《あごひげ》に手を当て、興味深そうに黒髪の騎士を見下ろした。

「もしや、我に言ったのか？」

「そうだ。座れと言っている」

「第五位風情が、思いあがるなよ」

二人の体からそれぞれ黒と赤のオーラが立ち込めると、建物が悲鳴を上げるようにビキビキと音を立てて揺れ始める。

それを見て愉快《ゆかい》そうに笑うバートランドと、いつもの光景に頭を悩ませるエルロード――しかしここで、六人全員が何かを感じ取り、同じ方向に視線を向ける。

修太郎の部屋の方角だった。

＊　＊　＊　＊

光がおさまった時、修太郎の手の中にいたプニ夫は――プニ夫のままだった。

修太郎がスライムをスライムのままで運用したいがためにベースをプニ夫に設定した結果、形には変化が起こっていないものの、見た目には大きな変化が見られた。

最初は鮮《あざ》やかな青色の液体だったプニ夫は、様々な色を混ぜ合わせて完成した黒のような、どこか禍々しい物体に変化していた。とはいえ、それでも手触りは変わらないし、修太郎の中では相変わらずの愛玩生物《あいがんせいぶつ》である。

撫でられるプニ夫は変わらず嬉しそうに体を震わせていた。実際には別の所に恐ろしい変化が起こっていたのだが——

「我が王よ！　何事ですか⁉」

珍しく動揺した様子で入ってくるエルロードと、それに続いて五人が揃って入ってきた。

そして修太郎の手の中にあるその邪悪なスライムを見て、一気に警戒心を強める。

「……我が王、ソレは？」

「ああ、さっき召喚したプニ夫だよ？　合成したら色が変わっちゃったけど」

「！！！！」

〝合成〟という言葉を聞いて、全員の背中に冷や汗が流れる。当人の修太郎が何気なく使ったその合成は、六人の魔王を凍り付かせるに十分な脅威として突きつけられたのだ。

「し、失礼しました。大人数で押しかけてしまい……」

修太郎はプニ夫を見て、ある決心をした。

弱い自分を見せるのは、プニ夫の前だけにすると。そして、魔王達の前では気丈に振る舞うと——

「ここは皆の家なんだから遠慮なんてしないでよ。僕が居候《いそうろう》なんだし」

そう言って無邪気に笑う修太郎。

邪悪なスライムと戯《たわむ》れる主の部屋から足早に退出し、再び王の間に集った六人——中でもシルヴィアは額《ひたい》に汗を流しながら、体を震わせていた。

「収容所のもの達の気配が全て消えたのを、皆、察しましたね？　大きな存在に生まれ変わる気配も」

焦るエルロードの言葉に、全員が無言で頷《うなず》く。

「驚いた……合成とはつまり、眷属や捕虜を掛け合わせて新しい存在を生み出す禁忌《きんき》のような力と解釈した」

「それに、収容所の奴《やつ》らは理性も意思もないから同意したとも思えない。つまり眷属側には拒否権なく執行する強制力があるって事だよなァ？　は、ははは……」

ガラスとバートランドも、自身が生まれてから今日まで感じた事のない〝死の恐怖〟を感じており、まるで牙を抜かれた獣のように、先ほどまでの威勢は消え失せる。

二人は〝勝てそうにない〟相手には会っているが〝戦いたくない〟と思ったのは今回が初めての経験だった。

正確には、彼らには戦う権利すらないのだが。

「我々の力では王に傷一つつけられない上に、王の気分次第で〝あのスライムに我々が合成される可能性〟も、十分にあります——単なる糧《かて》として」

勿論《もちろん》、修太郎の意図する所ではなかったが、魔王達から見た修太郎は眷属達からの攻撃完全無効化に加え、強制的に別ｍｏｂへの合成材料にできる悪魔の力を所持していると同義であった。

あらゆるベクトルからの攻撃に絶対的な防御手段を持つ魔王達が、初めて心の芯から感じた恐怖は、築き上げたプライドや尊厳をへし折るに十分な威力だった。

「攻撃も通らず、防御も不可能。自分が培《つちか》ってきた武力でも歯が立たないのなら、自分はあの方に忠誠を誓う他はない」

シルヴィアは狼《おおかみ》の耳を力なく垂らす。

修太郎を利用しようと画策《かくさく》したガララスや、心の中では全く信用していなかったバートランドも今回ばかりは素直に同意した。

一度の恐怖で忠誠を誓う――

中途半端に実力のある者ならそれを臆病だと揶揄しただろう。しかしここに集いしは百戦錬磨、生ける伝説達。見ている次元が違う。

かくして、修太郎はスライムをたまたま合成強化してみせただけで、魔王六人を力業《ちからわざ》で支配下に置いたのだった。

その頃修太郎はというと、部屋でプニ夫のステータスがどんなものになったかを調べていた。

裏では六人の王が完膚なきまでに打ちのめされ絶対の忠誠を誓っているのだが、当の本人はプニ夫を愛でるのに夢中である。

(ダンジョン用mobだからそれを見る専用のページがどこかにあるのかな?)

少し探すと、それは簡単に見つかった。

ダンジョン内部の眷属。
つまりは魔王達のステータスすら見られるのだが、他人のプライベートを覗くような気分になり、修太郎はプニ夫のステータスだけを覗く。

name：プニ夫
Tribes：アビス・スライム
Lv.108
LP [771,964,170,332]
MP [887,411,809,006]
STR_52,305,377,205
VIT_43,769,424,192
AGI_46,337,602,881
DEX_44,226,803,704
MAG_85,506,773,838
LUK_67,939,572,512
固有：形状変化
全耐性　Lv.1
激毒攻撃　Lv.1

混沌《こんとん》魔法　Lv.1
不死魔法　Lv.1
吸収　Lv.1

「十億、百億、千億……？」
想像以上の詳細に軽く目眩《めまい》を起こしながら、修太郎は適当にスキルの〝全耐性〟を開き、説明を読んだ。

詳細：全耐性
物理耐性　耐風属性
魔法耐性　耐氷属性
耐火属性　耐闇属性
耐水属性　耐聖属性
耐土耐性　耐不死属性
耐木属性
耐雷属性

これを見た修太郎の反応は、

「これだけ色々あったら、プニ夫も簡単にやられたりしなさそうじゃん！」

だった。

その後、修太郎はプニ夫のスキルを色々開いては読んでみたが、ほどなくして読むのをやめ、プニ夫を引っ張り遊びだした。

なにしろ修太郎の知識は《βテスター・ヨリツラが行く！》の攻略記事の80％ほどだし、そもそも現時点でのプレイヤーの最大レベルは40かそこらであるため、これらのスキル群の凶悪さまでに気づけないのは必然といえた。

全耐性だけ見ても全ての攻撃威力を半減する性能を誇り、さらには数多くのｂｏｓｓ ｍｏｂを合成・吸収したプニ夫にも、あろうことかｂｏｓｓ特性が付与《ふよ》されていた。

デュラハンの例にもあったが、ｂｏｓｓ特性は自分のレベル未満の攻撃を全て半減するため、プニ夫の場合、レベル108未満の相手から受ける攻撃は全て4分の1となるのである。

この時点で、プニ夫はすでに終盤に出てくるｂｏｓｓ ｍｏｂのステータスを超えていた。

＊　＊　＊　＊

大都市アリストラスでは、大規模な組み分けが行われていた——組み分けというと大層なものに聞こえるが、要するに大きく〝戦う気力があるか・ないか〟の二つである。

ワタルの決死の演説により、多くの人間が現状を受け入れたことで組み分けは驚くほどスムーズに進んでいた。

まず、戦える者には物的支援を惜《お》しまず、βテスターを中心とした戦闘指南に加え、一定の戦闘力を認められた者はパーティを形成し付近のｍｏｂを狩り、レベル上げとゴールドを集めてもらうことになった。

戦う気力はあるが、勇気が湧かない者にはＮＰＣが運営する冒険者ギルドのクエストを受けてもらい、戦闘に参加する決心がつくまで都市内でのおつかいでレベル上げとゴールド稼ぎを行ってもらうことになった。

先立つものは金だ。

これさえ得られれば極論〝死ぬことは〟ない。

彼らにはβテスター時代、攻略サイトを運営していた《ヨリツラ》という男から分かっている範囲の情報をメールにて送信してある。これで彼らの自立の目処《めど》が立った。

なにしろ難民の数が多すぎるのだ。

まず必要なのは自立できる力と、知恵。

残る非戦闘民だが、彼らにはメールではなく、ワタルや紋章ギルドのメンバーが避難所となっている施設へ直接赴《おもむ》き、生の声で生きる術を伝えてゆく。

非戦闘民は心強い存在の真心に安心感を得られるし、紋章ギルドのメンバーは彼らに顔を覚えてもらえる――こうすることで、非戦闘民との繋がりは切れない。どの時代でも、対面での会話というコミュニケーションは大きな力を持っていた。

＊　＊　＊　＊

アリストラス北門で、数人のプレイヤーが揉《も》めていた。

門を跨《また》いだ外側に立つ三人を、鎧を着た二人が説得している。

「んじゃ、ワタルさんにもよろしく伝えといてよ」

「おいこんな時に競争してる場合じゃないだろう！　協力していかないと生き残れないんだぞ!?　おい、戻ってこい！」

鎧を着たプレイヤーの制止も虚《むな》しく、三人は足早にその場を去っていく。

「これで何人目だ……？　全部の門から流れている可能性を考えると、かなりの数がいなくなってるぞ」

去っていったのは非協力的なβテスターをはじめ、自力でどうにかなる自信を持ったプレイヤー達。最初の混乱で飛び出した者も含めると、その数は既に５０００人以上となっている。

安全であるアリストラスから抜けるメリット――それは足手まといのお守《も》りからの解放と、プレイヤー密度の低い町での快適な生活、自分の強化、資源と市場の独占、ギルド依頼の競争率の低さなど、挙げ出したらキリがないほどに多い。残れば待っているのは非戦闘民の保護や都市周りの警備だ。都市を去る者が続出する理由はここにあった。

「またか」

「！　アルバさん、すみません……」

落胆する二人の騎士の背後から、初老男性の渋い声が響く。

白髪《しらが》をオールバックにした190センチの体軀を持つ屈強なこの男は《アルバ》といい、紋章ギルドでもトップ3に入る実力者だ。

余談だが、eternityでの稼動当初からの不満点として挙げられていた〝ユーザーの容姿をアバターに反映〞させる機能により、プレイヤー達は現実世界そのままの見た目で存在する。

見た目に良くも悪くもハンディを背負《せお》っている者からの不満は多かったが、運営は最後まで聞く耳を持たなかった――恐らくその頃からこのデスゲームは計画されていたのだろうと、察しのいい人間はそう推測している。

このアルバというプレイヤーは、若かりし頃にラグビーで鍛《きた》えた肉体と、大手食品メーカーの部長にまで上り詰めた自信・人望・会話能力でもって紋章ギルドでも頼られる存在であった。

「全員を最初の都市に留める方が難しいさ。それに、将来的にはエマロの町とカロア城下町への経路も確保して、溢れた人口を分散させる必要もあるだろう」

「まじですか？　エマロはともかく、カロアかぁ……」

アルバの言葉に、騎士二人は複雑そうに顔を見合わせる。

アイウエオ順の考えでいえば、エマロの町はアリストラス大都市からかなり近い位置に存在し、付近のmobもせいぜいレベル8～12だ。

しかしカロア城下町はここからでは相当遠く、βテスト時代では各町に存在する〝転移水晶〟に触れての移動が基本だったほどで、加えて付近のｍｏｂもレベル３０からいる。デスゲームになったこの世界では、かなり危ない橋に思えたのだ。

とはいえ、二人が考える不安要素もアルバは承知済みだった。

「もちろん十分にレベルと戦闘経験を積んだ者達から順番に、だ。アリストラスの人口が減れば、その分こちらの支援が行き届く。カロア城下町もかなりの面積を誇る拠点だからな。それに──」

少し言い淀んだ後、アルバは都市を振り返る。

しばらく続いた混乱もようやく落ち着き、雑貨屋や紋章ギルドの物資から得た食事を取る人々が小さく見えている。

「あの場でワタルが言った物資は、かなり見栄《みえ》を張った量だ。特別な金銭収支がない限り、初期ゴールドをうまく運用しても援助が必要なプレイヤーを一ヶ月以内にかなりの数減らさなければならないだろう」

「そんな……！」

混乱を収めるため、ワタルは決死の呼びかけをした……しかし、βテスト時代に結束した紋章ギルドのメンバーはたったの１４人で、一ヶ月本気で物資を集めていたわけでもなし、倉庫内はそこまで潤沢《じゅんたく》ではなかった。

正式稼動──つまりデスゲーム開始日にメンバーに加わったのが２５００と数人。短い期間で彼らを鍛え、自立できるプレイヤーを増やし、大きな町に移動させていかなければ、いずれまた混乱が起こる。

もし、自分達が難民を御《ぎょ》しきれなかった場合、怒りの矛先は紋章ギルド——ひいては大々的に演説をしたワタル個人に向くと、アルバは確信していた。

〃一ヶ月以内に戦闘可能プレイヤーの大多数をエマロの町、もしくはカロア城下町に送る〃これが紋章ギルドの最初の試練となる。

二人の騎士は不意に、両肩にズシリとした重みを感じた。それは物理的なものではなく、その大きすぎる責任感からくる重圧だった。

「だからここから出て行く手練《てだ》れのプレイヤーは、無理に引き留めなくていい。どのみち紋章《われわれ》ギルドの勧誘を蹴《け》った時点で協力は期待できないのだから。君達は、自暴自棄になった非戦闘プレイヤーの自殺だけを止めてほしい。いいかな？」

紋章ギルドのトップに期待されている。

肩の重みと共に芽生えた責任感に火が点《つ》くような感覚に、二人は迷いなく「任せてください！」と、力強く声をあげた。

それを見たアルバは満足そうに「心強い仲間がいて助かる。任せたよ」と、その場を立ち去った。

＊　＊　＊　＊

古ぼけたカンテラが揺れる。

岩を支える木の柱の軋《きし》む音と、どこかから滴《したた》る水の音。

イリアナ坑道は視界こそ悪いが、出てくるｍｏｂはレベルの割に弱く、序盤に最適な狩場としてβテスターの中では常識だった。

カツーン、カツーン、カツーン――

坑道内に、複数の人の足音が響く。

手に持った松明《たいまつ》に照らされたのは、先ほどアリストラスから脱出した三名のプレイヤーだった。

「あそこはもう紋章の縄張りだもんな。好き勝手できないんじゃあ、せっかくの自由度も台無しだっつーの」

「かわいい女ならともかく、怯えた豚みたいな顔のおっさん共を助ける義理はないよね」

「おい声を抑えろよ。蝙蝠《こうもり》ならともかく、蜘蛛《くも》型に見つかったら面倒だ」

会話を楽しみながら三人は坑道を進む。

イリアナ坑道は狭く暗い。その上、どこからｍｏｂが降ってくるか分からないエリアのため大人数での移動には向かないが、エマロの町までの近道である事も、知る人ぞ知る、といったルートだった。

「どうよ、半分くらいは来た？」

「ちょい待ち。マップ見てみる」

先頭の男の言葉に、二番目を歩く男が反応する。

βテスト時代のマッピング記録は正式稼働後も健在で、自分達が順調に進めているのか否《いな》か、確認すればすぐにわかった。

「問題ない。このまま真《ま》っ直《す》ぐ」

「了解。ほんと、βテスター様々だな」

予定よりだいぶ進めている事に、返答の声もどこか弾んでいるように聞こえる。

この三人はリアルでの友達だ。βテストは一人しか当選しなかったが、この度全員でeternityをプレイできる事になり、待ちに待ったサービス正式稼働日——悪夢が起きた。

先頭の男は暗い気持ちを即座に霧散させる。

「カルヲはどうだ？　異常ないか？」

二番目の男が最後尾の男に声をかけるも返事がない。

気になった先頭の男が振り返り——絶叫した。

「カルヲ！！！！　なんで、な、どうして!!」

最後尾を歩いていた男は、少し離れた所で見つかった。

地面に転がる松明に、黒い何かに覆い尽くされた人の形が照らされている。

「炎を纏いし刀《フレイム・エンチャント》!!」

二番目の男が刀を抜き、刀身が火を放つ。

一瞬で松明のところへ駆け寄ると、男の体に大量の蜘蛛がまとわりついている事に気づく。

『イリアナ坑道周辺ｍｏｂ図鑑から引用すると、肉食系ｍｏｂイリアナ・スパイダーは闇に乗じて動物を襲い、毒を用いて獲物を弱らせ、巣に持ち帰った死体を食べる。苦手な属性は火、光。レベルは3~5。』

「くたばれ！！！」

一心不乱に燃える刀を振り回し、身を焼かれたイリアナ・スパイダーは、まさしく蜘蛛の子を散らすかのように坑道の奥へと逃げてゆく。蜘蛛がいなくなったことで、そこに横たわる生気のない男が現れた。

「カルヲ！　おいしっかりしろ、おい！」

パーティ一覧を見れば生死が解《わか》る――βテスト時代の知識が男を冷静にさせ、視界の端にあるパーティ一覧に視線を移した。

毒、昏睡、麻痺《まひ》の状態異常《バッド・ステータス》ではあるが、カルヲのLP《生命力》は半分ほど残っていた。

男が安堵の表情に変わる――そしてその下にある名前の欄が暗くなっている事に、遅れて気づくのだった。

「シンタ、？」

振り返るも、そこにいたはずの温厚な盾役《タンク》の姿はなく、残っているのは無数のアイテム群だけだった。

パーティの名前が暗くなるのは、ログアウトした時――あるいは〝死んだ時〟だ。

坑道内に嘆《なげ》きの叫び声と、甲高《かんだか》い笑い声が響く。

「盾役ってのは硬くて敵《かな》わんよ。盾役がいると、奇襲が成功しても残りの二人が態勢を整えて返り討ちなんて事も結構あったし、何事も経験は大事よね」

闇の中から亡霊のように現れたのは、灰色のボロ切れを纏った男。

炎の刀を握る手に力が籠《こも》る。

この男がβテスト時代でも有名な《ＰＫ》であることを知っていたから。

ＰＫとはｐｌａｙｅｒ　ｋｉｌｌｅｒ《プレイヤーキラー》や、ｐｌａｙｅｒ　ｋｉｌｌｉｎｇ《プレイヤーキリング》の略で、主にプレイヤーをターゲットに攻撃を仕掛け、倒すことを目的としている者達の総称である。

本来ならただの悪ふざけや、悪質プレイヤーで通報・警戒程度ですむＰＫ行為も、ことデスゲームに関しては話が変わってくる。

これはれっきとした殺人行為にあたる。

そして男はそれを理解してやっている。

「覚悟しろよ黒犬《クズ野郎》。俺はお前とも対戦経験があるし、負けた経験はねぇよ」

燃える刀を再び強く握り、構える。

ボロを着た男は不気味に笑う。

「キッドくぅーん、僕らは初対戦だよ？」

「記憶にあるだけで五回斬ってる」

「それはゲームで、だよね？　今は命が賭《か》かってるの、理解してる？」

ボロを着た男が闇に溶けた。

キッドが刀を振り上げると、炎が渦を巻き、坑道内を赤く染め上げる。

「《火炎竜巻斬《バーン・サイクロンエッジ》》!!」

凄《すさ》まじい熱量が坑道内を駆け抜け、何もない空間が歪《ゆが》むと同時に、ボロ切れを燃やし、苦しむ男が浮き出てきている。

キッドは再び刀に炎を纏う——と、背後からねっとりとした気配を感じた。

侍《サムライ》の職業スキル、《危険察知》が反応したのだ。

飛び込むように地面を転げ、すぐさま刀を構え直す。

ボロ切れの男は不敵《ふてき》な笑みを浮かべ、先ほどキッドがいた場所に立っている。

「いい勘《かん》してるね」

「自分にしか反応しないのが悔《く》やまれるがな」

これが個人ではなくパーティに及ぶスキルなら、シンタやカルヲが襲われた段階で守れたのに。キッドの片目から涙が流れる。

「スキルって鍛えればどんどん効果が上がるの知ってた？　鍛錬《たんれん》を怠《おこた》った自分のミスだよね、コイツらが死んだのって」

安い挑発だ。自分にそう言い聞かせるキッドだったが、男の発言に引っ掛かりを覚えた。

(コイツ、ら――?)

そして見てしまう。

パーティ一覧に光が灯《とも》っている名前が、自分一人だけだという事実。そして、男の背後に横たわっていたカルヲの背中に、新しく二本の短剣が深々と刺さっている光景を。

光の粒子となって消えゆく友人の体。

それはボロ切れの男に吸い込まれてゆく。

「んー、ごち!」

「おまええええええええ!!!!!」

友人を見送る余裕もなく、キッドは炎の刀で男を斬り伏せた。

侍の特徴は高いSTRとAGI《敏捷力》、そして豊富で強力な職業スキルにあるが、固有スキル〝炎剣〟を引き当てたβテスターのキッドはその中でも特に強く、ランカーに名を連ねるほどだった。

半分にズレながらも笑みを崩さない男に、キッドは怒りのままに刀を振り回し、細切れにして冷静になる――なぜ死んだのに粒子にならないんだ? と。

ズブリ。

キッドは背中に強烈な熱を感じた。

「w・i・k・iにも掲示板にも書いてないけど、30での転職で素敵な職になれたんだよ。死体の偽装も分身作成もお手の物――って聞いてないか」

顔から地面に崩れ落ちるキッド。

刀を握る力も出ず、足にも、どこにも力が入らない。

自分のステータスを見れば、そこには昏睡、麻痺、毒の文字が並んでいた。

「明るいとこだとすぐバレちゃうのと、やっぱこっちの生物には分かっちゃうのが今後の課題なんだよね。ち・な・み・にぃ、」

もはや返答する力もないキッドに、男は不気味な笑みを向け、短剣を強く握りしめ……

「プレイヤーって結構いい経験値くれるんだぜぇ」

と、楽しそうに短剣を振り下ろした。

Chapter02: 第2話

大都市アリストラスは夜の闇に包まれていた。

籠《かご》の中に囚《とら》われた約35万人は、粗末《そまつ》な宿で質素《しっそ》な毛布にくるまり、終わらない地獄《ゲーム》の一日目を終えようとしている。

プレイヤーとNPCの温度差は顕著《けんちょ》で、夜の11時を回ったというのに商店街は活気にあふれ、酒場では冒険者風の男達が騒ぎ、美しい女性が路地裏へと誘っている。

プレイヤーにとっての異常も、NPCにとっては日常なのだから。

「なあ。娼館《しょうかん》って一回いくらかな?」

「バーカ。明日のおまんまも食えるかわからねえのに、女に金払ってられねえよ」

二人のプレイヤーはそんな会話をしながら、城壁内側に備えつけられた階段をゆっくりと登っていく。

城壁の上は風も強く肌寒く、等間隔に置かれた松明《たいまつ》だけが癒《いや》しと温もりを提供してくれる。

厚み8メートル、高さ20メートルの分厚い城壁の上に集まった人々。ざっと見て50人ほどのプレイヤーが武器を携《たずさ》え、鈍色《にびいろ》の鎧《よろい》を着たプレイヤーの話を聞いている。

The unimplemented end-stage enemys have joined us!

「夜間はｍｏｂ《モブ》が最も活発になり〝侵攻《しんこう》〟が発生する可能性が高まる。我々は侵攻の発生を未然に防ぐ必要がある。どんな小さな集団でも、見つけた者はすぐに連絡を飛ばし、それを受けた討伐隊は目的地に向かう！」

彼の言う〝侵攻〟とは何か。

夜になるとｍｏｂは活発化し、稀《まれ》に不相応に強いｍｏｂが現れる事がある。そのｍｏｂが自らを軸とした集団を形成し、勢力を拡大し続ける。

勢力が膨《ふく》らむにつれ縄張りの食糧が賄《まかな》えず、人が住む町や都市に攻め入ってくる――これが侵攻と呼ばれている。

飢《う》えた獣が人の住む場所に下りてくるのは自然界でも度々目撃される光景である。侵攻はそれに良く似ている。

そのために門番NPCが都市の門を寝ずの番で守っているのだが、侵攻の大きさ次第では対応できず、町のセーフティーが崩壊し安息の地がなくなる。当然、混乱の中の戦闘は困難を極《きわ》め、大量の屍《しかばね》が量産されるのは火を見るより明らかだった。

β時代、一ヶ月間という短い期間の中で、二度ほど侵攻によって町が襲撃され甚大《じんだい》な被害が出ている。デスゲーム化した現在、侵攻は最優先で食い止めなければならない問題となっていたのだ。

この侵攻が生まれないために、紋章《もんしょう》ギルドを筆頭に有志のプレイヤーは夜、都市の周囲にそびえ立つ巨大な城壁の上に見張りとして立ち、常にｍｏｂの集団を索敵《さくてき》する必要があったのだ――。

城壁の上、四人の騎士が都市から見える深い森を見守っていた。その中の一人の男が、マントの男に声をかけた。

「なあワタル。やっぱあれは無謀《むぼう》だったんじゃねえか？」

その中には、ワタルとアルバもいた。

βテスト時代では最高レベルをキープしランキングのトップに君臨していた〝聖騎士 ワタル〟。

常に先頭に立ち、圧倒的な火力で敵を殲滅《せんめつ》し味方を鼓舞《こぶ》する紋章ギルドNo．2の〝騎兵アルバ〟。

プレイヤーの最高戦力とも噂《うわさ》される二人がいるとあってか、有志のプレイヤーもかなりの数集まっている。二人にとっては、実はそれが狙いでもあったのだが。

「無謀って？」

ワタルはギルドの紋章が刻まれたマントをはためかせ、視線は森から外さず、答える。

「都市にいれば安全とか、物資とかよぉ……」

「うーん、まぁそうかもしれません。正直あれはムーンショットなので」

「ええ!?　ど、どうするんだよ」

不安げな男に対し、ワタルはあっけらかんとした態度で笑ってみせる。

ムーンショットとはつまり、未来から逆算して立てられた、斬新だが実現困難で労力のかかる取り組みの意味。しかし、実現すれば大きな成果を期待できるといった用語である。

「実現しなければ恐らく多くの人が暴徒化しますから。ただ、焦って無理だけはしないでください。戦える人はそれだけで財産なんですから」

ワタルの言葉を受け、男は覚悟を決めたように頷《うなず》き、自分の持ち場に戻ってゆく。

北門、南門、西門、東門。

他にもあるが、主要の門である四箇所の上へとプレイヤーが集まり、今宵《こよい》の侵攻警備にあたっている。

都市を囲う巨大な壁に立てられた松明によって、フィールドをある程度見渡せるようになっており、特に隣接する森林は要警戒――つまりはワタル達のいる北門に、多く人が集められていた。

「緊張状態のまま夜間の警備となるとストレスは甚大なものになりそうだな」

続々と城壁の上へと向かう人々を見つめながら、腕組みするアルバは心配そうに呟《つぶや》いた。背《せ》負《お》われた彼のシンボルたる巨大な剣に、揺れる松明の炎が映る。

「これればかりは手を抜いてしまうと取り返しがつきません。夜目の利くスキル持ちや、戦闘が可能な遠距離系攻撃役《ロングレンジアタッカー》も限られてますし、毎日頼るのも難しい。後はフラメ達が〝目的の固有スキル持ち〟を見つけ出せるかどうか……」

城壁の上から見張るだけとはいえ、膨大な広さを誇る大都市アリストラスの全てをカバーするともなれば相当数の人員が必要となるし、これが連日連夜続くとなればアルバの心配はもっともだった。

「現状況では必須《ひっす》のスキル。β時代では一人だけ、か」

「情報屋のヨリツラさんが言うなら間違いないですよね。でも、100人だったプレイヤーは今や35万人。探す価値はあるかと思います」

固有スキルはｍｏｔｈｅｒ ＡＩの独断で与えられるユニークな贈り物で、職業や所持武器、設定したステータスとは何の脈絡もないものが贈られたりもする。

中には光る斬撃を出せるといったハズレもあるが、地形そのものを変化させるような恐ろしいものまで確認されていた。

とはいえ、ワタル達を悩ませる問題は、人口過密・金欠や食糧難・侵攻・それに伴《ともな》う警備ストレス・駒《こま》不足に加え、もう一つ増えている。

「キッドさんの精神状態は？」

「わからん。最初の頃に比べたら暴れることはなくなったみたいだが、何しろ復讐《ふくしゅう》に燃えているようだ」

「そうですか。彼の言う状況が正確なら……彼だけ生かされていることが、たまらなく不気味ですね」

つい数時間前、紋章ギルドの攻略班がイリアナ坑道を進んでいた際、放心状態のプレイヤーを回収してきている――キッドだ。

目の前で仲間を二人殺され自身も半殺しに遭ったキッドと、彼を襲ったＰＫの存在。

βテスターの中でもかなりの実力を持つキッドが殺されなかった事は紋章側としても財産だったが、それ以上に、ワタルはキッド自身が大きな爆弾に思えてならなかった。

（復讐に燃える彼を一人で行かせるわけにはいかない——かといって、護衛をつけてもそれこそ《黒犬《くろいぬ》》の思う壺《つぼ》か。まぁそれが目的なんだろうけど）

髪を靡《なび》かせながら、ワタルは深淵《しんえん》の森をただ見つめていた。

デスゲームと化したｅｔｅｒｎｉｔｙ《エタニティ》の長い長い一日目が、終わろうとしていた。

目を覚ました少女――ミサキは、短い伸びと共に「ぁふ」と、可愛《かわい》らしい声を漏らす。

（今日は朝練があるんだった。顧問《こもん》の田所《たどころ》の顔、朝から見るの嫌だなぁ）

ナイーブな気持ちになりながら、いつものようにカーテンを――と、窓に手をかけた時、彼女は〝現実〟へと引き戻された。

（あ……そっか）

そこにあるのは、格子状に編《あ》まれた金属と硝子《ガラス》。

そして外側に木製の扉のようなもの。

窓を上へと押し上げ小さな扉を開くと、眼下に広がるのは中世ヨーロッパ然とした街並み。

活気ある商店街を行く人々はみな武装しており、遥《はる》か遠くまで続く街並みの奥、地平線の彼方《かなた》には黒い壁が延々と続いている。

「夢じゃ、なかったんだ」

ポツリと、口からこぼれた言葉。

自然と流れ出る涙が止まらない。

昨日起こったアレは現実だったのだと、デスゲーム二日目の朝、プレイヤー達は諦《あきら》めたように実感するのだった。

＊　＊　＊　＊

宿屋の食堂は混沌《こんとん》とした雰囲気に包まれていた。

昨日の成果を見せつけるかのように、太った革袋をジャラジャラと揺らす男達と、彼らにビールに似た何かを注《そそ》ぐ女。

朝から肉や酒のフルコースを堪能《たんのう》する冒険者風NPCとは対照的なのが、机をじっと眺《なが》めながら動かない男や、声を殺して泣く女——地獄の朝を迎えたプレイヤー達だ。

ミサキは朝食のパンとサラダを食べながら、昨日の夕方に送られてきたメールを読んでいた。

(頼れそうな人達だったなぁ……状況は同じなのに、なんであぁも気丈でいられるのかな)

昨日、紋章《もんしょう》ギルドのメンバーが宿屋を訪れ、ここの食堂に集めたプレイヤー達に向け現在の状況や今後のことを説明していた。

ミサキは肩を落とすようにため息を吐《つ》く。

栗色《くりいろ》のウルフカットがハラリと揺れた。

ミサキは10万人募集で当選した、いわゆる第二陣のプレイヤー。しかし本人は「勉強の合間の時間にできればいいな」などと興味本位で応募しただけのゲーム初心者であり、他のゲームをプレイした事すらなかった。

次世代型ゲーム——その煽《あお》りに釣《つ》られただけの、部活や勉強一筋だった女子高校生。

デスゲーム開始前は圧倒的なクオリティで描かれた街並みに魅了され、戦闘はおろか、未《いま》だステータス確認もしていない。その後、暴徒化したプレイヤーに襲われそうになるも必死に逃げ、鎮圧《ちんあつ》した紋章ギルドの呼び掛けに倣《なら》い非戦闘希望のプレイヤー群に紛《まぎ》れたのだった。

メニュー画面を開き、所持品を開く。

そこには宿泊代の50ゴールドを引かれ、950ゴールドとなった全財産と、未だ使う機会のない〝初心者の弓〟そして100本の矢。

（お金をうまく使えば一ヶ月は平和にすごせる。じゃあその先は——？）

一ヶ月後、死ぬかもしれない世界で自分が弓を持って宿代のために戦っている姿を想像し
「無理！　怖い！」と首を振る。

商店街にある冒険者ギルドと呼ばれる場所でお使いをこなせば、戦わずしてお金を得ることができるって言ってたな。と、ミサキはフォークでトマトを転がしながら、そんな事を考えていた。

宿屋は夕食＋朝食付き。

50ゴールドがこの世界でどの程度の価値なのか分からなかったが、初期地点であるし、かなり良心的な金額ではなかろうかと非戦闘希望プレイヤー達の中では言われている。

お金を全て使い終わってから動いたのでは遅すぎる。

ミサキは席を立ち、観音式の扉を押し開け外に出た。

昨日、プレイヤーの手によって怖い経験をしているにもかかわらず、強い決意を持って足を進められるのは、事態を収拾させようと躍起《やっき》になる紋章ギルドのメンバー達の姿を見ていたからだった。

あの人達の負担を減らしたい。

そう考え、ミサキは冒険者ギルドを探す。

当然ながら、ミサキのように一日で立ち直り、行動に移せるプレイヤーはごくごく少数である。

店先に甲冑《かっちゅう》や剣、果物や野菜、見たこともない魚や動物の肉などが並ぶ商店街を進んでいき、ミサキは剣が交差した看板の施設の前で止まる。

単純な先入観だけでここを冒険者ギルドだと考えたミサキは、扉を押し開け中へと入っていった。

中には剣や斧《おの》、槍《やり》が所狭しと並べられており、ミサキは即座に「間違った」と気づく。

ここは冒険者ギルドではなく、武器屋だった。

「何かお探しですか、お嬢さん」

「あっ！　いや、その……」

不意に声をかけられあたふたするミサキ。

奥から出てきたのは屈強そうな男で、昨日の件もあり、ミサキは恐怖を覚える。

そんなミサキの様子を見てか、店主の男は笑いながら続ける。

「すまない、こんな見た目だから怖がらせることが多いんだ。でも、大剣だの斧だのを売ってるのが皺《しわ》くちゃの婆《ばあ》さんだったら、商品の試《ため》し斬《ぎ》りもしてないんじゃないかって思わないかい？」

「は、はぁ、確かに」

小粋《こいき》なジョークを混ぜてくるNPC。

ミサキは警戒レベルを少しだけ下げ、せっかくだからと弓のコーナーへと向かう。

弓は大きく分けて三タイプあり、身の丈以上ある大弓と、小回りが利く短弓、弦《つる》を引いた状態でセットした矢を撃ち出す弩《ボウガン》が並んでいた。

「君のような女性には、その弩がいいかもしれない。弦を引くのもレバーを引っ張れば大した力もいらないからね」

ミサキに気を遣ったのか、店主はカウンターから出ようとはせず弩の販促をかけてくる。しかし、元々買うつもりもなかったが、並んだ弓の値段を見たミサキは見るのをやめた。

（げぇー、安くても3000ゴールドかぁ）

宿屋60日分と考えると、簡単には手が出ない。こちとら明日の食事にありつけるかも分からない身なんですよ――と、ミサキは心の中で愚痴《ぐち》った。

ただ黙って店を後にするのも悪いと感じたミサキは扉の前で立ち止まり、店主に声をかける。

「あの、冒険者ギルドってこの辺りにありますか？」

「ああ、それならこの店の向かい側の建物がそうだよ」

まさか正面とは思わなかった、でもすぐ近くにあって良かった……と、ミサキは胸を撫《な》で下《お》ろす。

「ありがとうございます。そうそう、昨日空に現れた竜？　みたいな生き物、あれってなんていうんですか？」

別に知っても何もならない情報だが、世間話のひとつとして話を店主に振るミサキ。

しかし、店主は笑顔を崩さず「いらっしゃい。今日はどんな御用かな？」と言うばかりで、少し不気味に思ったミサキは足早に武器屋を後にし、再び商店街の道へと出た。

（そっか……見た目は人間みたいだけど、ＮＰＣなんだ。会話も限られた内容しか答えないんだ）

ＮＰＣについての理解を深め、ミサキはそのまま正面にある冒険者ギルドの扉を開いた――ちなみに冒険者ギルドは半分にめくれた羊皮紙の看板である。

中に入るとそこは朝の食堂に近い光景が広がっており、酒場で騒ぐ男女に加え、大きな掲示板に貼られた紙と睨《にら》めっこする人が見える。

冒険者ギルド。

ワタル達の設立した〝プレイヤーギルド〟とは違い、最初からゲームに存在する施設の名称。

そこでは多くの者が想像するように、その土地に住むＮＰＣが〝お使い〟だったり〝探し物〟だったり〝清掃〟だったり、時にはｍｏｂ《モブ》の討伐や賞金首の討伐まで幅広く依頼され、クエストボードという名の掲示板に貼り出される。

ここにいる人達は冒険者という括《くく》りで、町中や稀《まれ》にフィールドでも遭遇する。ｍｏｂを遊撃して回っていたりもするため、侵攻《しんこう》を防ぐという意味では門番と役目は同じだが、行動ルーチンがランダム設定のため、侵攻発生の際もあまり期待できないとされている。

（ここから受けたいクエストを剝《は》がして受付に持っていくんだったよね……）

ミサキはクエストボードを眺めながら、一番危険の少なそうな紙をちぎった。ちなみに依頼書の内容はこのように記《しる》されている。

依頼内容：妙薬作りの手伝い
依頼主名：キーレ・アナンドラ
有効期間：４８：００：００
依頼詳細：妙薬に必要な材料を採取し、指示通りに調合すること。まずはキーレの妙薬屋（座標：x:120, y:50, z:304）を訪ねてみよう。
必要材料：デミ・ラットの尻尾《しっぽ》（０／３）
：魔草（０／３）
：純水（０／３）
報酬内容：４００Ｇ／５００ｅｘｐ

ミサキは受付NPCに依頼書を渡す。

滞《とどこお》りなく受理されたと同時に、視界の端《はし》に《妙薬作りの手伝い》というクエスト内容に加え、制限時間が表示された。さらに左上にある小さな円形のマップには、星のついたピンが立っている。

(座標的にあそこがクエスト開始場所か。よかった、すごく親切で)

人々をデスゲームに閉じ込めたmother AIに対して〝すごく親切〟だなんて皮肉が効いているな——などと考えながら、ミサキはギルドを出る直前、深呼吸して腹を括る。

ここから出たら後戻りができない。

ミサキは漠然《ばくぜん》とそう感じた。

(ここはもう安全な日本じゃないんだもんね)

不慣れな手つきでアイテムウィンドウを開き、背中に初心者の弓と初心者の矢筒を装備すると、質量以上に重みを感じた。

街中でmobは湧《わ》かない。

これは〝対人用〟の武装。

武装はミサキの覚悟の表れだった。

願わくばこれを人に向けて使う日が来なければいいと思いつつ、ミサキは座標に従い歩き出した。

＊　＊　＊　＊

クエスト完了と共に、レベルアップを告げる音が二度も鳴る。

得たお金は宿代にして一週間分はあり、ミサキは確かな手応《てごた》えを感じた。

「でもデミ・ラットの尻尾は高くついたなぁ」

目の前に表示された獲得報酬一覧を眺めながら、ミサキはひとりごちる。

ミサキが受けていたクエストの必要材料の中には都市周辺に生息するデミ・ラットの尻尾が含まれており、フィールドで戦闘する覚悟がまだできていない彼女は門の前でプレイヤーを待ち、狩りから戻ったプレイヤーから尻尾を買い取って補填《ほてん》したのだ。

それにしても悪徳な値段だった。

報酬の半額分はアレで消えてしまった。

しかしながら、フィールドで得られるアイテムは、たとえ雑魚《ざこ》ｍｏｂの戦利品とはいえ非戦闘民からしたら自力で用意できない品。それを知っている戦闘プレイヤーは、店売り価格５ゴールド以下のそれらをかなりの値段でふっかけるのだ。

彼らも生き残るため、必死なのだろうと自分に言い聞かせるミサキ。あまり深く考えない所に彼女のさっぱりとした性格がよく出ていた。

（ｍｏｂの戦利品が達成内容に含まれている依頼書は、私が自力で材料を用意できないからまだ早い。もっとこう、都市内でこなせるお使いみたいなやつは……?)

木製の掲示板を眺めているミサキの目に、一枚の依頼書が留まった。

依頼内容：迷い犬の捜索
依頼主名：メルシア・レー
有効期間：48：00：00
依頼詳細：迷い犬のドロシーを探してください。特徴は青と赤のオッドアイです。名前を呼ぶと鳴く芸ができます
報酬内容：170G／120exp

報酬は先ほどに比べてかなり劣るが、なにより都市内にいるだけで行えるクエストなら、予想外の損害を被る事はないだろう。それにこれは、名前を呼んで鳴く芸を用《もち》いて声を頼りに都市内を探すシステムだとミサキは理解していた。

依頼書を渡してクエストを受注し、さっそく外でドロシーを呼ぼうとしたミサキは、マップ上に妙に浮いた〝緑の点〟を見かけた。

ジグザグに行ったり来たりする緑の点。

座標の位置的には目視でも判別がつく場所で、もともと視力には自信があるミサキは、該当場所である路地裏へと視線を向けた。

小さな茶色い生き物が動いている。

どうやらゴミを漁《あさ》っているようだ。

ミサキは最初のクエスト開始時に目的場所にピンが立ったのを思い出し、もしやと思ってその生き物の方へと歩き出す。

「あれ……いるじゃん、ドロシー」

その言葉に、キャンと返事が返ってくる。

それは特徴が類似した小型犬だった。

左右で違う色の瞳《ひとみ》が光っている。

捜索が醍醐味《だいごみ》のクエストなのにマップに対象が表示されるんだ——と、少し拍子《ひょうし》抜《ぬ》けな様子で犬をひょいと持ち上げると、クエスト内容の部分が〝捜索中〟から〝保護中〟へと変わり、この犬がドロシーである確証もとれた。

(なーんだ、簡単じゃん捜索クエスト。最初からこっちだけ受ければよかった)

得した気持ちでドロシーを抱きしめながら、軽やかな足取りで冒険者ギルドに向かうミサキ。

βテスターがこの光景を見れば一連の〝異常さ〟にいち早く気付けただろうが、もちろんeternity《エタニティ》初心者であるミサキは知る由《よし》もなかった。

＊　＊　＊　＊

都市アリストラス周辺の平原で、あるパーティがｍｏｂ狩りをしていた。

「ちょっと飽《あ》きてきたな、雑魚狩り」

そのうちの一人が愚痴を零《こぼ》すと、他のメンバーも口々に不満を漏らしはじめる。

彼らは紋章ギルドに入りたての第二陣プレイヤーで、戦闘希望の六人で構成された〝雑魚ｍｏｂの間引き〟部隊である。

今は戦闘のできない初心者達を保護するのが紋章ギルドの活動内容であり、紋章ギルドのメンバーはそれぞれ都市内の見回り（初心者のメンタルケア）、初心者の戦闘指導、お金や食糧調達などがあり、雑魚ｍｏｂの間引きもそのうちの一つだ。

お金稼ぎや戦力増強の一環でもあるのだが、侵攻が発生してｍｏｂ達に門を破られでもしたら、戦闘のせの字も知らない初心者達はたちまち全滅してしまうだろう――そうさせないためのｍｏｂ狩りであり、夜間の見張りである。

しかし、侵攻を未然に防ぐための重要な部隊ではあるものの、戦闘希望の彼らはデスゲーム開始前にいくらかレベルを上げていたというのもあり、デミ・ラットを六人で叩《たた》くことに物足りなさを感じていた。

「なあ。ちょっとだけ次のエリア覗《のぞ》かねえ？」

「え、でもワタルさんは周辺の雑魚だけを無理なく討伐してくれって……」

「いやいや、行けるだろ俺達なら。確かイリアナ坑道の適正レベルは7かそこらだろ？　俺達もう8だもん」

彼らも元々は自由な冒険を求めてこのゲームを始めた若者達だ——囚《とら》われの身になったとはいえ、野心も好奇心もあるのだ。

それぞれがそう感じていたのか、一人の意見に他の四人が同調する。そして唯一ギルドマスターの言いつけを主張したメンバーも、多数決的に彼らに付いて行くこととなる。

イリアナ坑道に、複数人の足音が響く。

先頭を行く青年はマップに表示された〝入り口〟にはいつでも戻れるという安心感と、新しく開拓《かいたく》されてゆく快感を味わいながら、景気良く進んでゆく。

遭遇するｍｏｂを難なく撃退していきながら、ラットとはおよそ比べ物にならない経験値に、皆、上機嫌だった。

この世界でのレベルは＝地位ともいえる。

そこに年齢や学歴などは関係ない。

現実世界では立場も力も上の大人達のほとんどが、宿屋に籠《こも》るだけ、文句を言うだけで何もできない低レベルの無力な存在になってしまったことに優越感を抱く者も多い——現にこの六人もそうである。

得られたアイテムも、生産職《クラフター》に売りつければかなりの額になるだろう。そうすれば更《さら》に強い装備が買える、装備が強くなれば、もっと強い敵を倒せるのだ。

「蜘蛛足《くもあし》ゲットー！」

「なあゴブリンの直剣ってレアか？」

「こりゃ獲得できるゴールドもかなり美味《うま》いな」

夢中で進んでゆく若者六人。

まるで雑魚mob狩りでの憂《う》さを晴らすかのようで、その気の緩みが原因か——入り口から
ずっと彼らを尾《つ》ける人影に、誰一人《だれひとり》として気付かなかった。

＊　＊　＊　＊

イリアナ坑道内部——

迷路のように入り組んだ坑道のある場所に、二つの人影があった。

薄暗い坑道内を照らすカンテラの光。

揺れるカンテラは、岩場に敷いた茣蓙《ござ》に横になるボロ切れを纏《まと》った男を映し、その後、胡座《あぐら》
をかいて何かを物色するボサ髪を映した。

「俺ァ寝るぜ。ひと仕事終えたしな」

そう言って、目を閉じるボロ切れの男——黒犬《くろいぬ》。それに対しボサ髪の男は不服そうに舌打ち
を一つ。

「お前、こんなショボい戦果じゃエリアに潜伏するリスクと釣り合わねえよ。せめて紋章の上の方でも狩ってくれなきゃ」

先ほど黒犬《相棒》が持って帰ってきた戦利品にケチをつけながら、冷たい岩の壁にもたれかかるボサ髪――名前を〝キジマ〟と言った。

黒犬、そしてキジマ。

βテスターなら特に聞き覚えがあるだろう。この二人はβ時代、プレイヤー達を殺して悦《えつ》に入《い》る〝ＰＫ集団〟の幹部であったから。

β時代のＰＫ行為は〝一つの遊び〟であるため、不快に思う者はあれど、ゲームシステムで容認されているため咎《とが》める者は少なかった――しかし、デスゲームとなった現在でも二人はＰＫをやめなかった。むしろ、得られる快楽が増したと喜んでいるほどである。

二人はある目的のため、常にｍｏｂを警戒しなければならないエリアの中に潜伏している。

そして睡眠のため交代で見張りを行っていたのだ。

「最前線に紛れたほうが有意義だったんじゃねえの？」

戦利品の中から短剣を拾い上げ、吟味《ぎんみ》するように眺めるキジマ。ごろりと寝返りをうち、キジマに背を向ける形をとる黒犬。

「ばーか。紋章のトップ勢を苦労せず喰《く》うのがいちばん旨味《うまみ》があって面白いだろうが。それに、上手《うま》くいけば俺達だけで３５万人も喰えるしな」

クックック、と、不気味に笑う黒犬。

キジマは短剣を壁に投げ――それはシステムブロックによって弾かれると、ほどなくして粉々に砕け散った。

「お前の固有スキルのお陰で面白いことになってるのは事実だけどよ、そもそも紋章はちゃんと動くのか？　俺だったら必要なもん持って、とっとと最前線に向かうけどな」

「動く。現に奴《やつ》らは、見ず知らずの雑魚35万人を全員生き残らせようと奔走してるわけだからな。それに――奴らの内情を探る手も打ってある」

キジマは「あっそ」と、興味なさそうにアイテムを壁に投げて遊んでいる。そして思い出したかのように「手って何よ？」と尋ねるも、黒犬はすでに寝息を立てて眠りこけていた。

＊　＊　＊　＊

訓練場――

アリストラスには訓練場という戦闘練習施設が存在する。この中では擬似ｍｏｂと戦うことができたり、安全なＰｖＰを行えたりと、デスゲーム後となった今最も重要な施設と言っても過言ではない。

石造りの壁に囲まれ、硬い土が敷き詰められたその広い施設に大勢の人だかりがあった――その中心にいるのは、キッドだった。

「あー、戦闘指南役に任命されたキッドだよろしく。今回お前ら初心者達の戦闘指南を任されたんだが、めんどくせえ事はしたくねえ」

荒っぽい口調のキッドに不安を覚える群衆達。特にその中でも長く紋章に所属する者は、パッと出で大役を任されているキッドにある種ジェラシーを感じながら睨むように見つめていた。

（だーから戦闘指南役なんてやりたくなかったんだよ）

キッドはチクチクとした視線を面倒に思いながらも、皆に聞こえるように続ける。

「単刀直入に、今から俺が聞いてまわるからお前らは自分の職業と固有スキルを答えろ。いいか？」

ざわめく群衆。

その言葉に噛《か》みついたのは、先ほどの古参達である。

「ワタルさん達は〝固有スキルはプレイヤー達の生命線だから、無闇に教えない方がいい〟っていう方針なんだけど？」

言い方はともかくとして、彼らの主張は基本的に正しい。固有スキルはそのプレイヤーごとの唯一無二であるため、知られてしまうと強みがなくなる。知られてもなお強いスキルなら良いが、そうでないスキルも多いのだ。

群衆達も同調するように頷《うなず》く。

キッドは頭を掻《か》きながら「まずは職業スキルの説明からすっか……」と呟《つぶや》き、何かを探すように群衆を見渡した。

「俺は戦闘指南役で、戦闘指南役は戦闘に勝つために存在すると考えている。そして戦闘は、優位に立ち回ることが原則だ。例えばそうだな――お前」

　弓を背負《せお》っている青年を見つけ、指をさした。

「弓使いなら、構成するスキルは《弓術》《盾術》《片手剣術》《投擲術《とうてきじゅつ》》《遠視》《体術》《急所特化》《特殊攻撃》《連射》《乱れ撃ち》の１０個だ。その中で弓術、盾術、片手剣術、投擲術は単に〝武器やアイテムの適正〟にすぎない。得意距離は中距離長距離なのは言わずもがなだが――」

　そう言いながら、キッドは先ほど口を挟んだ古参の紋章メンバーの首元に剣を突きつけ、寸前でピタリと止めた。

「特に警戒すべきなのは急所特化と特殊攻撃、そして体術を併用《へいよう》した片手剣術だ」

　古参メンバーはキッドのスピードに対応できず、目を丸くして固まっている。訓練場内の空気が一気に張り詰めた。

「弓使いは片手剣術の攻撃スキルを持たないが、武器《剣》の攻撃力次第では十分な火力が出せる。急所に毒などを突ければ盗賊系職業と同等の威力も期待でき、同レベル帯でも一撃で倒せる可能性はある」

　キッドの説明に、ざわつく群衆。

　聞こえてくるのは「弓使いって近付けば余裕だと思ってた」「知らずにいたらＰｖＰで負けてたかも」などの言葉である。

「お、おい……」

剣を突きつけられたメンバーが焦るように声を上げるも、自分を見つめるキッドの目があまりにも冷たく不気味だったため、恐怖のあまり再び硬直した。

キッドはしばらくしてメンバーを解放、メンバーは友人達の元へと戻り、怯《おび》えたようにキッドを睨む。

「さらにこのゲームには転職システムが存在する。たとえば剣士を30まで育てた人間が昇級ではなく転職を選んだ場合、特典としてある程度のステータスとスキルを三つまで引き継ぐことができる。そうすれば今の一連のコンボの威力はさらに強くなる」

気にしてない様子のキッドが続ける。

群衆達は、先ほどのキッドの動きを見て目が覚めたようで、一語一句を聞き漏らさぬよう真剣に聞いている様子が見て取れる。

「紋章のマスターのようにレア職業を狙った転職もあるが、俺が言うのは戦闘の幅を広げるための転職。デスゲームでのレベル上げは時間もかかるし危険だが、これをこなせば弱点を減らせたり、有利な点を伸ばせたりする。β時代は気軽にできたんだがな、そこは仕方がないと割り切れ」

夕焼けの訓練場にキッドの声が響く。

そこに会話などの雑音は一切ない。

「この転職でのスキル引き継ぎは一度しか行えないが、先の理由から、弓使いと対峙《たいじ》する場合は近距離でも十分に警戒を怠《おこた》らないことが重要だ。そして弓使いは、片手剣術を鍛《きた》えていなくてもすぐ取り出せるようにしておけば、この知識がある人間を過度に警戒させることができる。さらに言うとスキルの発動初期動作で動きを予測したりできるが——まぁそのくらい、スキルの暗記と読み合いは基本だ」

何か質問は？　と尋ねるキッド。

理路整然としたその説明に群衆からは感心するような声も上がっており、キッドは肩を竦《すく》め、続ける。

「最前線にいる精鋭プレイヤーともなれば、単なる模擬戦《もぎせん》などでも相手の職を見て引き継ぎスキルまでも予測し動いてくる。それが基本だと考えろ。武器に付属されたスキルもあるが、特に戦況を一瞬で塗り替えるのが〝固有スキル〟の存在だ」

そう言って、腰の刀を抜き放つキッド。

美しい刃文《はもん》に見惚《みと》れる群衆達は、そこから紅蓮《ぐれん》の炎《ほのお》が燃え盛るのを見てどよめきの声を上げる——キッドはそれを皆に見えるように掲げた後、チンと鞘《さや》へ戻した。

「俺のは火属性を付与《ふよ》するだけのショボいスキルだが、こんなもんでも更に火属性を上掛けして威力を上げられる。それだけじゃなく、ここに水属性や雷属性を付与しても、火属性は消えない。まぁ端的に言えば複数の属性攻撃が可能って事だな。これで俺は基本的に弱点を突くことができる」

まさかキッド自ら率先《そっせん》して固有スキルを説明してくるとは思っていなかったのか、群衆達は目を白黒させながら騒《ざわ》めき立つ。

群衆の誰かが声を上げた。

「それ、めちゃくちゃ強いじゃないですか！」

それに対し、キッドはため息を一つ。

「弱くはないが、強いスキルはもっと分かりやすく強い。特に〝応用によっては化ける〟スキルも多く存在するから、俺は皆の固有スキルを見て的確な判断をしたい——というだけの話だ」

横目で古参メンバーを見ながら、付け足すように言い加える。

「それを聞けないことには俺は助言をする気はない。スキル育成や戦闘指南自体が無駄に終わる可能性もあるからな。それを踏まえて指南が必要な者のみ教える」

面倒そうに首を掻くキッド。

先ほどのプレイヤーが更に尋ねる。

「無駄に終わるってどういう意味ですか？」

キッドは嫌な顔もせずに、それに答える。

「たとえば極端な話だが〝剣の威力が二倍になる〟という固有スキルを持った魔法使いをどう思う？」

「不憫《ふびん》な組み合わせだなと思います」

質問したプレイヤーは率直な感想を述《の》べた。それに対し、キッドは首を振った。

「何も不憫じゃない。固有スキルはキャラメイクの最後に決まるから職業とのミスマッチは仕方がないからな……しかし転職という救済措置《きゅうさいそち》があるんだ、剣の威力が二倍になるスキルを持っているなら剣士になるべきだろ？」

質問したプレイヤーを含め、その場にいるほとんどがそれに頷いてみせた。それを確認したキッドがさらに続ける。

「だから、そいつに俺が教えるのは魔法使いの立ち回りではなくて、剣士になった時に必要な知識と経験になるだろ？　それを偽られたら、隠されたら、そいつに俺が教えられるのは魔法使いに対する指導のみだ。そいつが今後剣士になるとしても、無駄とは言わんが覚え直しになる。効率が悪い事だと思わないか？」

皆は腑《ふ》に落ちたように頷いた。

伝わったことに安堵《あんど》するキッドは、再び古参メンバーの方に視線を向ける。

「俺は最近ここに拾われた。救われた。恩義を返したいとは思っているが、だからって全員にいい顔をするつもりはない。俺の意見に全面的に賛同する者だけに教えるのは職務怠慢《しょくむたいまん》か？」

睨んでいた古参メンバー達が、気まずそうに黙り込む。群衆達はすっかりキッドに信頼を寄せたらしく、メンバー達を白い目で見ていた。

「伝わったんならいい。じゃあこれから職業と固有スキルを聞いていくから並んでくれ」

群衆達は訓練された兵士のようにその言葉に倣って並んでゆく。そしてキッドは一人一人のスキルを聞きながらその情報を記録した。

列の中の一人が口を開く。

「なぜ対ｍｏｂではなく対人想定なんですか？」

その問いにキッドは動きを止め、かすかに笑みを浮かべて答えた。

「時としてプレイヤーの方が脅威になり得るからだ」

こうして、群衆達からの信頼を得たキッドは戦闘指南を開始したのだった——

客間にてしばらくダンジョンマニュアルを読《よ》み耽《ふけ》っていた修太郎《しゅうたろう》。そのお陰《かげ》で、ダンジョンについていくつか分かった事がある。

1．ダンジョン生成を発動してから、最短でも一週間は開放されない。

これはどちらかといえば修太郎《ダンジョンの主》への配慮で、設定すれば最大で一週間はダンジョンへの侵入を防ぐ事もできる。それは、できたてのダンジョンにはモンスターも罠《わな》も不十分であるため、即座に攻略されないための措置《そち》だ。

もっとも、このダンジョンに関してはその限りではないのだが。

2．経験値は倒した外敵からのみ得られる。

修太郎がレベルを上げるには侵入者を倒す他なく、たとえば自分で召喚したモンスターを自分で倒しても〝外敵〟に該当しないため経験値は得られない。しかし外界での戦闘は全て〝外敵〟に該当するため経験値は獲得できる——つまり修太郎のレベルを上げるにはダンジョン内に侵入した者を倒すか、外界の者を倒すかの二択になる。

3．ダンジョンコアが破壊されると、ダンジョンの主含めたモンスター全てが破壊され、ダンジョンは崩壊する。また、ダンジョンの主が討伐されてもダンジョンコアは破壊される。

（3は一番気をつけなきゃだなぁ）

魔王達やプニ夫《お》がいれば大抵の侵入者は撃退できそうだが、万が一がある。修太郎は、せめてダンジョンコアの場所くらいは把握《はあく》しておこうと考えていた。

（ポイントはどうしようかな）

本来ならとても重要なダンジョンポイントだが、規模、設備、戦力は全て揃《そろ》っているためほとんどが手付かずとなっていた。

所持ポイント：999P
○開拓《かいたく》
○建築
○召喚

「ん？　あれ……なにこれ」

ふと、修太郎は視界の横に小さく光る〝クエスト完了通知〟という表示を見つけた。ここにきてはじめて気づいたのは、多少なりとも修太郎の心に余裕が生まれていたからに他ならない。

通知の横には〝999+〟とある。

修太郎はそれを何気なくタップした。

○ダンジョン生成［報酬受け取り］
○モンスターを召喚［報酬受け取り］
○モンスターを合成［報酬受け取り］
○配下を5体まで増やす［報酬受け取り］
○配下を10体まで増やす［報酬受け取り］
○配下を20体まで増やす［報酬受け取り］
○配下を50体まで増やす［報酬受け取り］
・・　・・　・・

「なにこれ」

ずらりと並んだのは、完了項目の一覧。

その全てがダンジョンに関する項目だ。

上の三つには心当たりがあるものの、プニ夫以外召喚していない修太郎は配下の数に疑問を抱きつつ、更《さら》に下へとスライドさせてゆく。

○配下を100，000体まで増やす［報酬受け取り］
○配下を500，000体まで増やす［報酬受け取り］
○配下を1，000，000体まで増やす［報酬受け取り］
○配下を5，000，000体まで増やす［報酬受け取り］
…　…　…


「これって、バンピーの配下のアンデッドモンスターみたいな存在まで全部含まれてる？」

考えられる理由はそれだけだった。

事実、修太郎はあまたの魔物を統《す》べる王達を配下にしたために、王達の配下までも全て配下にした扱いとなっている。そして〝配下を～まで増やす〟の項目は一千万までが上限で、修太郎は上限いっぱいまで完了した扱いとなっていた。

試《ため》しにダンジョン生成の完了報酬をタップしてみる――すると、

以下の報酬を獲得しました
報酬：20P
報酬：召喚レシピ《ゴブリン》

達成内容に応じたダンジョンポイントと、召喚レシピが追加された。これにより、修太郎はスライムの他にゴブリンを召喚できるようになっている。

モンスターの種類を増やす方法は四つあり、元々レシピとして存在したモンスターを進化させる方法と、外部から来たモンスターをダンジョン内で倒しレシピを得る方法、ランダム召喚、クエスト達成報酬によるアンロックである。

一番簡単なものでゴブリンならば難しいものは何が貰《もら》えるんだ――と、修太郎は興味本位で配下1000万達成報酬をタップした。

以下の報酬を獲得しました
報酬：15,000,000P
報酬：新機能《覚醒《かくせい》》

覚醒——

一定の条件を満たしたモンスターの成長限界を突破させ、先の存在へと昇格させる。

「これを使うとプニ夫がもっと強くなるってことかな？　もしかしたら、魔王の皆は覚醒してるからあんなに強いのかもしれない……君はどう思う？」

修太郎はプニ夫にそう話しかける。

プニ夫はプルプルと揺れるだけだ。

試しにプニ夫を覚醒させようとする修太郎だったが、覚醒するにはダンジョンポイントが500万必要とあり、あまりのコストにひとまず断念する事になった。

修太郎は一旦受け取るのをやめて、さらに下へとスクロールさせる。

○モンスターを合成強化する［報酬受け取り］
○モンスターをLv.10まで合成強化［報酬受け取り］
○モンスターをLv.20まで合成強化［報酬受け取り］
○モンスターをLv.30まで合成強化［報酬受け取り］
……

こちらは収容された魔物を糧《かて》に強化した時の報酬で、上限は120まであり、100までが完了扱いとなっている。ここから読み解ける情報として、モンスター（プレイヤーはまた別の可能性があるため）のレベル上限は〝120〟であることが分かる。

つまり、魔王達はレベル上限の存在。

それが覚醒によるものかは分からなかったが、システム上では最大値である事がわかり、修太郎は生唾《なまつば》を飲み込んだ。

○スライムを1段階存在進化させる［報酬受け取り］
○スライムを2段階存在進化させる［報酬受け取り］
○スライムを3段階存在進化させる［報酬受け取り］
○スライムを4段階存在進化させる［報酬受け取り］
○スライムを5段階存在進化させる［報酬受け取り］
……

修太郎は色の変化にだけ気がついていたが、プニ夫を強化した際プニ夫は進化している。それは進化上限の5段階まで進化しており、現在の種族名は〝アビス・スライム〟である。

『城塞都市《じょうさいとし》リーガルシア周辺mob《モブ》図鑑から引用すると、アビス・スライムは様々な属性への耐性を持つマジックスライム系列の頂点に位置する存在であり、同格のキング・スライムに比べ形状に変化はないが戦闘能力に特化している。深淵《しんえん》エリアで稀《まれ》に出現《ポップ》し、攻撃には高レベルの《毒属性》《闇属性》《不死属性》が含まれるため、高名な神官を連れて行く必要がある』

しかしアビス・スライムの凶悪性に関しては、修太郎含めプレイヤーの誰《だれ》もが知らない情報であるため、修太郎本人はこれに関して「なんかかっこいいね」とプニ夫を撫《な》でるだけだった。

そして一時間ほどたった頃。

「失礼します――」

軽いノックの後、客間に白い少女《バンピー》が入ってきた。修太郎は大きくノビをした後、バンピーへと向き直る。

「？　どうされましたか？」

「ううん。ちょっと疲れちゃって」

主に受け取りの際に連打した人差し指である。

表示では999+となっていた達成報酬だが、実際のところ1288項目が達成されていた。

それはダンジョンスキル全体の達成率に変換すると、およそ86％に相当していた。

所持ポイント：67,810,660 P

○開拓
○建築
○召喚
○覚醒　NEW

石造りの建物内に、二人の足音が響く。

綺麗《きれい》な赤の絨毯《じゅうたん》の上、バンピーと修太郎が歩いていた。

「そうですか。外に出られるのは七日後――」

「あ。僕はしばらく気を失っていたから、実際には残り六日かな」

修太郎の言葉を聞いて、バンピーは「あと六日で……」と呟《つぶや》く。

バンピーは特に、巨人《ガラス》とお調子者《バートランド》の動きが気になっていた。

歩みを止め、俯《うつむ》くバンピー。

「どうしたの？」

顔を覗《のぞ》き込《こ》まれ、バンピーは反対方向に顔を背《そむ》け――意を決したように手を差し出した。

「主様《あるじさま》。妾《わらわ》のわがままを聞いていただけますか？」

「う、うん？　どうしたの？」

修太郎はそれを不思議そうに見つめる。

彼女の手がわきわきしているのを見た修太郎は、なんだそんな事かと手を握った。

バンピーの体が僅《わず》かに跳ねる。

彼女は繋《つな》がった手をじぃと見つめた。

彼女は繋がった手を強く握ってみる。

「その、なんともありませんか？」

「え？　うーんと、小さい手だね」

「そうですか」

「？」

修太郎の言葉を聞いたバンピーはするりと手を離し、再び歩き出した。首を捻《ひね》りながら修太郎もついて行った。

＊　＊　＊　＊

到着した部屋は、宙に浮いた宝石と、その周囲には何もない広い空間。

宝石の光に照らされながら、バンピーは浮遊する宝石を指差した。

「主様が来た日に現れたものです」

真っ暗な空間に煌々《こうこう》と輝く黄色の宝石。

修太郎には《ダンジョンコア》と表示が出ており、ほっと胸を撫で下ろす。

修太郎はバンピーに頼んで「僕がここに来た日、一緒に現れた宝石みたいなもの」の所まで案内してもらっていたのだ。

「うん、これだ」

「主様。これはなんですか？」

「ダンジョンコアだよ」

これを死守しなければ皆が死ぬ。

修太郎は、コアの場所が分かった段階で、運命共同体である魔王達には包み隠さずこの事を話そうと考えていた。

そして、バンピーにダンジョンの仕組《そのこと》みを告げると、彼女は宝石をじぃと見つめた。

「ならこれを破壊するだけで――」

「いやいや、破壊しちゃダメなんだって」

話聞いてた？　と聞く修太郎。

こくんと頷《うなず》くバンピー。

ダンジョンに属するモンスターは主への攻撃は勿論《もちろん》、コアの破壊もできない。マニュアルを読破した修太郎だったが、斧《おの》を振り回す彼女の姿を思い出し、無理と分かっていても肝《きも》を冷やしたのだった。

「そうでしたね。では開放の日にちを含めて、他の魔王達には妾から伝えておきますね」

かしこまったようにお辞儀《じぎ》をするバンピー。

「それとさ。僕は主様とかじゃなくて、単に友達とかの方が嬉《うれ》しいんだけど」

言いにくそうに呟く修太郎。

仲の良い友人もいない修太郎にとって、せっかく仲良くなれたのに敬語を使われるこの状況がとても気持ち悪かったのだ。

「いえ、この関係は絶対です。我ら魔王六人全員がそれに同意しています」

バンピーは表情を変えずにそう告げる。

バンピー達魔王側からしたら、直接的に主と眷属《けんぞく》の位置関係にあるだけでなく、実力《合成》を見せつけられてしまっては黙って従う他ない。

だから腹の内で、若干名の魔王達は修太郎に対し〝従いはするが仲良くはしない〟という、忠誠とはほど遠い〝服従〟というスタンスで接している――この距離感を修太郎はもどかしく思うのだった。

「そっか……じゃあとりあえず見ておきたいものは見られたから、僕はお城の中探検してくるね」

「お待ちください。妾も同行しますから、どうぞお一人で行動なさらないでください」

別に一人でもいいのに――と、修太郎は少し悩んだ後、腕の中のプニ夫を見て閃《ひらめ》いた。

「なら次はバンピーの友達が沢山《たくさん》いる場所に案内してよ！」

「妾に友達はおりません」

「えーと、じゃあ手下？」

「下僕《げぼく》達の所なら案内できます」

「うん！　じゃあそこに行きたい！」

「……？」

修太郎は上機嫌でガッツポーズを取る。

今度はバンピーが首を捻った。

＊　＊　＊　＊

死界――

それは生きとし生けるもの全ての終着地であり、地獄や奈落《ならく》と呼ばれ恐れられる場所でもある。

紅《あか》い空に、黒い月。

枯れ木のような竜が飛び、骨が徘徊《はいかい》する。

聞こえるのは唸《うな》り声《ごえ》と、何かを引きずる音。

流れる水は全て紅に染まっている。

水も、土も、生命は感じられない。

「ここが妾の〝世界〟です」

「(怖すぎる……)」

あまりの光景に、修太郎は戦慄《せんりつ》していた。

世界とは──

当然ながら魔王達は全員が〝王〟であるため彼らには自分達が治める〝場所〟がある。それがこの世界と呼ばれる階層だ。

ロス・マオラ城には六人の魔王と六層の世界が存在し、もしもプレイヤーがこの城を攻略するとなれば、全ての世界を回る事になるだろう。

バンピーは〝アンデッドの王〟──つまりここにはアンデッド系列のｍｏｂが大量にひしめき合っている。当然その数は、彼女の部屋にいたものとは比べ物にならない。

「この辺りをご覧になられますか？」

「う、うん」

そうですか。と、バンピーは歩き出す。

修太郎は枯れ木に止まる六つ目の烏《カラス》に見送られながら、バンピーの後に付いて行く。

「ここに村とか町はないの？」

「眠らない我々には必要ありませんから」

歩けど歩けど、変わらない風景。

ボロボロの剣を引きずる骸骨剣士《スケルトン》。

汚れた布を纏《まと》った半透明の老婆《ろうば》。

地面から這《は》い出《で》る腐った蛇。

「うお──すげー！　地面からボコボコ出てくる！」

「王たる妾が来ているからです。一応の忠誠心はあるようですね」

先ほどまで殺風景な荒野だった場所は、みるみるうちにアンデッドｍｏｂで溢《あふ》れ返《かえ》っていた
――そして、そこかしこで行われる破壊。

「え、喧嘩《けんか》してるの？」

「いえ。挨拶《あいさつ》のようなものですね」

唸り声と骨の音が大きくなる。

アンデッド同士がお互いを壊し合い、崩れたそばから再構築されてゆく。不死属性ならではの光景ではあるが、バンピーは後ろを付いてくる修太郎に恥ずかしそうに声をかける。

「醜《みにく》いものですよね――彼らは獣よりも単純で意思がない。命あるものを本能で襲い、自分達の仲間にするためだけの存在。接触すれば仲間でも容赦《ようしゃ》なく壊し合いを始める」

不死属性のｍｏｂは、バンピーが言うように本能だけの存在。あるいは、思念だけの存在。そこに痛みや悲しみもなく、自分のＬＰがどれだけ減っていても攻撃を止《や》めない不気味さも、見た目と相まって苦手とするプレイヤーも少なくない。

「きっと不死を得る代償《だいしょう》に、感情を失ったんでしょうね」

そこに品性などはない。

バンピーはそれがたまらなく嫌だった。

彼女は望んで今の地位にいるわけではなかった――ただ特別、彼女が特別に強かったから、それだけだった。

「でもデュラハンはバンピーの指示に従っていたよね?」

「妾や主様の指示には従います。これらは妾の下僕ですから」

「ふーん」

修太郎は壊し合う骸骨剣士を眺《なが》める。

なんて寂《さび》しい空間なんだと考えていた。

「バンピーはここが好きじゃないの?」

「はい」

冷めたように答えるバンピー。

修太郎の中の何かに火がついた。

「ちょっとここ改造してみてもいい?」

「改造、ですか?」

「うん。僕が椅子壊した時に出したやつ」

「はい、構いませんが……」

そう言いながら、修太郎はメニューを開き〝建築〟項目を開く。

《建築》
○岩　1P
○水溜《みずた》まり　1P

○沼　　　1P
○草　　　1P
○木　　　1P　NEW
‥
‥
‥
○民家　　50P　NEW
○道路　　5P　NEW
○鍛冶屋《かじや》　50P　NEW
○武器屋　50P　NEW
○防具屋　50P　NEW
‥
‥
‥
‥
○城壁　　750,000P　NEW
○城　　　1,500,000P　NEW
○要塞《ようさい》　3,000,000P　NEW

するとそこにはｍｏｂ同様に達成報酬によってアンロックされた建築施設がズラリと並んでおり、実用的な罠から趣味的な城まで揃っていた。

修太郎は指でスクロールさせながら適当にぽんぽんとそれを押してゆく。

ドズン！　ドズン！　ドズン！

ボゴン！　ボゴン！　ボゴン！

けたたましい音を立てながら落ちたり生《は》えたりする建造物の数々。修太郎は余《あま》りに余っているポイントを使い、次々に建物を追加していく。バンピーはそれを目を丸くして見守っていた。

「命令が第一なら、目的を与えればいいんだよ！　たとえばここの〝鍛冶屋〟には君を任命しよう。そしてここの〝裁縫屋《さいほうや》〟には君だ！」

修太郎が出していたのは、鍛冶屋に武器屋に防具屋に裁縫屋に靴屋に市場にと、まるでＮＰＣが暮らす町にありそうな建造物。そしてそこの店主および従業員に、その辺の骸骨戦士や蜘蛛女《アラクネ》を指名し――指名されたｍｏｂ達は、ぞろぞろと店の中へと入ってゆく。

気づけばそこには町ができていた。

道が整備され、街灯が等間隔に落ちてくる。

「じゃあ君から君までは店主さん。君から君までは町を発展させる大工さん。残りは全員町民で、大原則は二つ！　〝侵入者以外を攻撃しない〟〝建物を攻撃しない〟」

修太郎は見える範囲にいるアンデッド型ｍｏｂに指示を出し、指名されたｍｏｂはずらずらと担当場所へと歩いてゆく。修太郎は仕上げに大きな倉庫と、その中に潤沢《じゅんたく》な資材を入れてメニュー画面を閉じた。

「火の幽霊《ウィスプ》は暇《ひま》な時に街灯に入って休んでもらえば光源になるね！　我ながら賑《にぎ》やかないい町にできた──あ……」

満足そうに頷く修太郎は我に返る。

大好きな建築ゲームのように町を作ったはいいが、この場所の主はバンピーである。そしてバンピーはこの光景を黙って見つめていた。

二人が立つ場所の付近では、スケルトンが武器を作り、マミーが占い屋を開き、キョンシーが中華料理を作る愉快《ゆかい》な空間が生まれている。

「ごめん、夢中になっちゃって……」

そう言って頭を下げる修太郎。

バンピーは奇跡を体験していた。

ただ破壊と混沌《こんとん》しかなかったこの世界に、温かい文明が生まれたのだ。

不死属性ゆえに破壊を放置していたバンピーは、せっせと働くアンデッド達を見ているうちに、枯れた体から涙が溢れそうな気持ちになっていた。

「素敵な町ですね」

活気に溢れる町を眺めながら、バンピーはかすかに微笑《ほほえ》んだ。

＊　＊　＊　＊

ダンジョンコアがある部屋へと戻ってきた修太郎。

バンピーはというと、他の魔王達への報告のため席を外しており、もともと護衛というより〝監視〟の意味で近くにいた彼女だったが、今回はすんなり聞き入れたのだった。

（世界の改造がお気に召したのかな？）

そんなことを考えながら、修太郎は改めてダンジョンコアの部屋を眺めた。

広さこそかなりのものだが、何もない空間。

本来ダンジョンコアは最も重要なものであるため破壊されないように隠すのが鉄則なのだが、セオリーを知らない修太郎は鼻歌まじりにメニュー画面を操作しはじめる。

空間拡張《超》――

莫大《ばくだい》な量のポイントが減っていく。

総数からみたら微々たるもので、部屋の端《はし》から端、天井も霞《かす》んで見えなくなるほど広く拡張された空間の遥《はる》か上空にダンジョンコアが輝いている。

空間変更《草原》――

真っ暗な空間が瞬く間に草原へと変わる。

ダンジョンコアの輝きが太陽の役目を果たしている。そよそよと吹き抜ける風が気持ちいい。

そこからバンピーの世界でやったように草原を開拓して町を作っていく。

「これがあれば皆仲良くなるのか、じゃあ追加で」「遊ぶ場所があると幸福度が上がって忠誠心が増すのか、ふむふむ」「お腹《なか》が空《す》くのは良くないよね、追加！」「自給自足は重要だよね、追加で！」などと独り言を呟きながら作業を進める修太郎。

今回は自分の好きにできるからという理由で、修太郎は片っ端から施設を乱立させてゆく。

具体的には、鍛冶屋、武器屋、防具屋、雑貨屋《ざっかや》、宿屋、薬局、植物園、農場、牧場、闘技場、訓練場、研究所、教会、酒場、大書庫、病院、学舎、墓所、城――そして細々とした街灯やベンチなどを置いてゆく。

「うわぁ――――壮大だぁ!!」

眼下に広がる、美しい町並み。

気づけば見渡す限りの家、家、家。

この時点で、初心者達の拠点である大都市アリストラスに勝るとも劣らない規模の町が出来上がっていた――それを小高い丘の上から眺める修太郎は、腕組みをして首を捻る。

「おかしい、全然減らないぞ」

建築開始前のダンジョンポイントと、現在のポイントにほとんど変動がない事に気づく。

有り余っているダンジョンポイントの使い道として、ダンジョンコアを豪華に発展させようと考えていた修太郎。しかし、建築を進めるとダンジョンの達成報酬が完了となるため、どれだけ建築しようともポイントはむしろ増えていくばかりであった。

「建造物はとりあえずこのくらいかな。一旦建築はおしまいにして、他に使えるのがないか探してみようかな」

町の装飾にひとまず満足した修太郎。

足元のプニ夫を抱き上げながら操作する修太郎。仕上げに道路の舗装が終わると、今度は〝住人〟を選び始めた。

「やれやれ。どれがいいか分かんないな」

メニュー画面を前に腰に手を当て、ひときわ大きな鼻息を鳴らす修太郎。

いくらスクロールしても終わりの見えないダンジョンのmob図鑑。それらは達成報酬でアンロックされたものや、魔王達の世界に住むもの、収容されていたものまで含まれていた。

「とりあえず全種族召喚してみよう」

軽い気持ちで全選択を押し、召喚を押す――と、無人だったその町に、ぞろっと大量のmobがひしめき合う。しかしそれらは互いを傷付け合うようなことはせず、町中をただ徘徊している。

しばらくそれを眺めた修太郎。

今度はメニューにある《合成》を開く。

修太郎にはある目論見《もくろみ》があった。

（各種族の〝長《おさ》〟みたいなのを作ったら、住民達も統率力が生まれていいかも）

大人しく撫でられているプニ夫も、元々はただのスライムである。合成を使えば進化を期待できるし、ダンジョンコアの警備にも期待できるため損はない。

スクロールする手を止める修太郎。

見つめる先には、特殊な効果を持つｍｏｂの図鑑説明が載っていた。

『ヨンダラス研究所周辺ｍｏｂ図鑑から引用すると、進化のサナギは特殊な実験により生み出された生命体であり、全ての種族を次のステージに成長させる効果が期待されている。しかしその体はアルマンド鉱石よりも硬く、倒すことも加工にも使えないと分かると研究対象から外れ廃棄されることとなった』

（この〝進化のサナギ〟ってｍｏｂをたくさん召喚して、育てたいｍｏｂに合成するのが一番いいのかな？　マニュアルに載ってないからよく分かんないけど……）

修太郎は手始めに一匹のサナギを召喚する。

目の前に現れたのは体長30センチほどの黄色のサナギで、中は薄《うっす》らと光を放っていた。ためしに指で叩《たた》いてみても、割れる様子も動く様子もない。

（でも合成なら硬さとか関係ないもんね）

心の中でそう呟きながら修太郎は〝リザードマン〟を召喚。目の前に赤色の鱗《うろこ》に包まれた二足歩行のトカゲが現れた。

『ソーン鉱山周辺ｍｏｂ図鑑から引用すると、リザードマンはリザードが進化し二足歩行が可能となった変異種である。彼らは人間と同じように手先を器用に動かすことができ、武器の扱いにも長《た》けている。体の鱗はレベルに応じて色が変わるとされており、伝説となった個体の鱗は黒色だったという』

《リザードマン　Lv.30》

「かっこいいい！！！」

人間と恐竜の合体したような姿に、目を爛々《らんらん》と輝かせる修太郎。近くで見ると結構迫力あるなぁと、少し怯《おび》えながら腕の部分を突《つつ》く。

その後、リザードマンをベースとして選択しサナギを合成に追加する――と、サナギの背の部分が割れるように開き、中から七色の光が溢れ出す。それはリザードマンを包み込むと、光が収まる頃にはすでにリザードマンの姿が変貌《へんぼう》していた。

《ハイ・リザードマン　Lv.40》

赤色だった鱗が青色へと変化している。

体長は1・5メートル程度だったのが、1・7メートルほどまで伸びており、筋肉量も見るからに変わっているようだ。

「サナギひとつでこれだけの強化かぁ。とりあえずレベル100を目指すとしたら、あと六個、かな？」

ぶつぶつとそう考察しながらサナギを六つ召喚する修太郎。そして再び合成を行うと、先ほどと同じ現象が六箇所で発生、目を開けていられないほどの光に包まれた。

《マスター・リザードマン　Lv.100》

修太郎が目を開けると、黒色の鱗をしたリザードマンがそこにいた。体長は2メートルを優に超え、筋骨隆々《きんこつりゅうりゅう》といった風貌である。目を輝かせて観察していた修太郎は、〝トカゲ〟というより〝竜〟に近い印象を受けていた。

『レン大迷宮周辺mob図鑑から引用すると、リザード族の頂点たるマスター・リザードマンは、度重なる進化の末、最も竜に近い存在となった。背中に生えた小さな翼は、飛ぶことは不可能だが動かすことは可能で、更なる進化ができれば彼らは遂《つい》に〝竜〟と成れるだろうと言われている』

修太郎の目論見通り、サナギ七個でリザードマンをレベル100にすることができた。しかし本来、サナギを使うためには〝ある条件〟が必須《ひっす》となるのだが、修太郎は無意識下で〝施設研究所〟を建てていたがため、その条件を満たしていたのだった。

「長だから名前くらい付けなきゃね……うーん何がいいかなぁ」

修太郎はしばらくプニ夫を見つめたのち、閃いたように顔を上げる。

「じゃあ〝リューさん〟で！」

修太郎の独特なネーミングセンスにより、マスター・リザードマンの名前がリューさんに決定したのだった。

マスター・リザードマンことリューさんは種族の長に足り得る威厳と風格を兼《か》ね備《そな》えており、修太郎は鼻の穴を膨《ふく》らませて他の種族の長も次々と召喚してゆく――気づけばそこに、合計30体の〝種族の長達〟ができあがっていた。

ずらりと並ぶ30体の長達。

修太郎は設置した施設の一覧とを見比べながら、彼らに役割を与えてゆく。

「鍛冶屋は屈強な巨人族が担当して、武器屋と防具屋は武装したイメージがあるからリザード族、さすらいの商人《キャラバン》は獣族で、雑貨屋と薬局、それから学舎は物知りそうなエルフ族で――」

魔王達に拒否された〝友達〟になれることを期待して、修太郎はｍｏｂ図鑑の中でも特に対話が期待できそうで賢い〝人型〟のものへ重点的に役割を与えてゆく。

そして召喚された全てのｍｏｂに大まかな〝生き方〟を与えた。

与えた指示は三つ。

〝自己鍛錬《じこたんれん》を怠《おこた》るべからず〟

〝互いを尊重し、より良い町づくり〟

〝コアを守るべし〟

それに加えて、長達には〝自分の種族を良い行いをするように教育する〟という特別な指示を与え、町へと向かわせた。

賑やかになってゆく町を眺めながら満足そうに頷く修太郎は、ずっと細かい文字を追っていたせいか、うとうとし始めた。

彼は知らない――

何気なく設置した施設には、それぞれ意味があるということを。特に闘技場、訓練場、学舎はとても重要な施設であることを。

『研究所――実験生物の力を引き出す時に必要となる。合成の成功率上昇、合成の経験値取得量上昇』

『訓練場――育成を選択した際にステータスの上昇率を上げる効果を持つ。統率力上昇、戦闘時に連携を取るようになります』

『闘技場――レベルアップに必要な時間の短縮、スキル熟練度上昇、個体のステータス上昇』

『学舎――モンスターの知能を上げ、幸福度と忠誠度を上昇させる。スキル取得率上昇、スキル熟練度上昇、モンスター間に絆《きずな》が生まれ、異種族婚が可能となります』


横になりながら、町を見下ろす形でそびえる無人の城を見つめる修太郎。

「王様が不在だけど、それはおいおいかな。誰もいなければプニ夫からプニ王になってもらえばいいよね」

腕の中のプニ夫を強く抱きしめる。

この中から王が生まれるかもしれない。

そんなことを考えながら、全部のｍｏｂを〝育成モード〟に設定し、丘の上で昼寝を始めた修太郎。

しかし、達成報酬アンロックによって追加された機能《スリープ時に加速》の効果により、修太郎が意識のない間、この町は意図せず加速度的に成長してゆくのだった。

＊　＊　＊　＊

一方、王の間ではバンピーが修太郎から説明を受けた〝ダンジョン生成〟という奇妙なスキルについて、他の魔王へ情報共有を行っていた。

ダンジョンとはどういうものなのか。

ダンジョンではどう立ち回るべきか。

そして――

主を失えば、ダンジョンは破壊されるということ。

ダンジョンコアを破壊されると、死ぬということ。

「あと数日で外界に出られるのか！　こんな心躍ることは何百年ぶりだ？　なあセオドールよ！」

巨人《ガラス》が豪快に笑う。

彼はダンジョンコアが破壊される可能性、自分が死ぬ可能性も含め、至極どうでもいいといった様子。

黒髪の騎士《セオドール》はそれには何も答えず、バンピーに視線を向けて口を開いた。

「つまり我々がすべき事は、主を守ることに加え、そのコアとやらを守ればいいんだな？」

「そう。でもいまその場所は何もない空間で、万が一ここの誰にも悟《さと》られずに侵入できる者がいた場合、簡単に破壊されてしまう」

それに対し、執事服《エルロード》が眉を顰《ひそ》めて反論する。

「我々の目を掻《か》い潜《くぐ》れるとでも？」

「現に主様のような未知のスキルはある。その可能性は否定できない」

バンピーの答えに、セオドールも同意するように頷く。

エルロードも腑《ふ》に落ちたのか、そのまま沈黙する。

「俺は主様よりもコアの警護の方が気楽にできそうでいいなァ」

「なら外界進出前の景気付けに、今日は我とバートで担当しよう！」

楽しげに語る金髪の騎士《バートランド》とガラスに対し、エルロードは呆《あき》れたようにため息を吐《つ》く。

順位があっても彼らの強さはほぼ同等で、上下の関係もない。中でも特に忠誠とはほど遠い所にいるガラスやバートランドは、報告を他人事《ひとごと》のように聞いており、その態度からは、修太郎の事など全く気にかけていないことが伝わってくるようだった。

「報告については、全て把握しました。王の警護は今回第三位《ガラス》に頼みます。コアの警護は第六位《バートランド》に頼みます。これでいいでしょう。他になければ解散しますが？」

エルロードの問いに、バンピーは俯く。

左の手をぐーぱーさせる。

「主様のスキルはまだ知られざる可能性に溢れている。死の地と呼ばれた妾の世界にも意味を持たせてくれたし、なによりあのお方は忠誠を誓うに足りる器の持ち主」

バンピーの言葉に、皆、動きを止めた。

アンデッドの女王たる彼女——死の女王や、氷の女王などと呼ばれた、表情や感情を見せない彼女にそこまで言わしめた主の器に、ガララスは純粋な興味を示す。

「ほう、第二位《バンピー》にそこまで言わせるか。降って湧いただけの小僧だと思っていたが、それならば我も積極的に対話してみるとしよう。外界の話にも興味があるからな」

感心したようにそう語るガララス。

己の欲望ばかりが先行していることに、誰もが気づいていたが誰も咎《とが》めなかった。

ここまで黙っていたシルヴィアが、俯くバンピーを見ながら声をかける。

「何かあったのか？」

「いえ、何も」

「そうか。お主がとても、その、嬉しそうに見えてな」

「！」

シルヴィアの言葉に動揺するバンピー。

しかしそれも一瞬で、再び無表情となった彼女はそのまま「報告は以上」とだけ吐き捨てると、さっさと自分の世界へと戻っていった。

「なら我も警護に向かうとしよう」

「俺もコアの警護に向かうよ」

そして、ガララス達も退出し、いつの間にかセオドールも消えた王の間に残されたのは、エルロードとシルヴィアの二人。

エルロードはため息を吐いてから「やれやれ」と本を取り出し、シルヴィアは難しい顔で腕を組んでいた。

「おい、彼女はどうしたんだ。やけに様子がおかしいじゃないか」

心配そうにそう愚痴《ぐち》るシルヴィア。

エルロードはつまらなそうに本をめくる。

「……貴女《あなた》には分からないでしょう」

「なんだと？　どういう意味だ！」

反射的に白雷の剣を展開するシルヴィアを見て、エルロードは心の中で「そういう所ですよ」とこぼすのだった。

討伐隊の第１７部隊が戻らない。

不穏な知らせを受けたアルバは城門前で、戻ってきた雑魚《ざこ》ｍｏｂ《モブ》狩り部隊の隊長達を集めて確認をとっていた。

「最後に見たのは誰《だれ》だ？」

「俺です。まさかとは思いましたが、多分あの様子だと坑道に行ったんじゃ……」

「坑道だって!?　ワタルさんとの取り決めを無視したのかよ！」

「待ってくれ、その議論は後にしよう。今は彼らの安否が最優先だ」

熱くなる隊長達を宥《なだ》めるアルバ。

討伐隊は毎日１６時には都市内に戻り、隊長が報告をして解散する。それが今回、一部隊だけ未《いま》だ帰らないのだ。

それは無断でイリアナ坑道に入っていったあの六人であったのだが、彼らの足取りを知る者はここにはいなかった。

ギルド管理画面からギルド員一覧をスクロールしていくアルバは、第１７部隊六名の名前が黒く塗られているのを確認した。

ログイン中なら白。

ログアウト中は黒だ。

デスゲームにおけるログアウトとはつまり……。

（坑道か……以前ＰＫの件もあったからくれぐれも行かないように注意喚起してあったが――）


自分の詰めの甘さを呪うアルバ。

坑道は簡単に死ぬ難易度ではないにせよ、楽に制覇できない広さと複雑さがある。

安全マージンを十分に取っていたとはいえ、ｍｏｂと戦闘させる以上は覚悟していた事態。

アルバは今後どう動くべきか、ワタルか参謀《さんぼう》に意見を仰ぐべきか迷っていた。

「あいつらは坑道に入ったんだろ。そんで、黒犬《くろいぬ》に殺されたんだ」

一人の言葉に、他のメンバーがざわつく。

アルバは困ったように腕を組んだ。

「キッド、憶測でモノを言うべきではない。他の隊長達も変に警戒してしまうだろう」

「憶測じゃねえ、分かるんだよ」

アルバは内心、恐れていた事態が起こったと感じていた。

坑道内で仲間を亡くし、自身も瀕死《ひんし》の傷を負わされたキッド。その後、回復した彼は救われた恩を理由に紋章《もんしょう》ギルドに加入している。

ワタルもアルバもそれを許可した。

今は少しでも戦闘に優れた者が必要だからだ。

しかし、それを加味しても彼を置いておくのは勇気のいる決断だったのだ——措置《そち》として、フィールドには出ない戦闘指南役に任命されてはいたものの、時折見せる〝濁った目〟が、アルバはどうしても気にかかっていた。

この場に居合わせたのは偶然だったが、ギルド員が戻ってこないのを聞いたキッドの頭の中は、あのＰＫ《プレイヤーキラー》で一杯だと分かる。

「おい誰か、仇《かたき》を討ちたい奴《やつ》はいないか？　ＰＫを殺しに行くぞ」

「待て。たとえＰＫによる殺害だったにせよ、今勝手に動かれては困る。対策を練ってから行くべきだ」

「そんな事してたら逃げられるんだよ！」

頑《かたく》なにそう主張するキッド。

冷静な者から見れば、彼の主張は支離滅裂でなんの脈絡も根拠もない。しかし事情を知らない者からすると、今すぐ仲間の仇を討ちたいキッドと、穏便にすまそうとするアルバという図に見えてしまう。

実際、今この場にいるプレイヤーの中にはすでに友人や仲間を失った者もいる。それ故《ゆえ》、少し冷めたようにも見えるアルバの態度に引っ掛かりを覚える者もいた。

ギャラリー化している非戦闘プレイヤーからは「行かせてあげればいいのに」などと無責任

な野次も飛ぶ始末だ。

「現時点でPKによる攻撃とは断言できない。それに、仮にキッド達を襲ったのと同じPKの仕業なら、入り組んだ坑道を細かく把握《はあく》している可能性がある。地の利が向こうにある状態で無策に討伐隊は組めないだろう」

その言葉に、ざわつく周囲。

アルバは正しく、そして冷静すぎた。

皆、ストレスによって感情的になっているのだ。

「黒犬《PK》を討たなければ犠牲者は増える一方だぞ？　紋章のサブマスともあろうお方が、PKに怖気《おじけ》づいてるのかよ」

「何を馬鹿な……」

アルバはこの時点で、理論的に宥めるのは不可能だと確信した。キッドは既に今回の件もPKによるものだと信じ切っており、周りの者達も彼の英雄的行動に賛同している。

万が一、第17部隊が坑道に入りPKに殺されたのだとしても、当然このままキッドや同調した者達を行かせるわけにはいかない。しかし、彼らは熱が入りすぎてしまっている。

「PKって殺人鬼だろ？　そんなの野放しにしないでくれよ」

その声は、非戦闘民からあがった。

彼らの中には、自分達の身の安全を紋章《かれら》が守ってくれて当然だと、図々しくも本当に考えている者も多い。

「人殺しがいるの？　怖いわそんなの」

「殺人鬼なんか殺してくれよ！」

「不安で眠れないじゃねえかよ」

剝《む》き出《だ》しの感情論が飛び交う。

アルバが行動するよりも早く、一人のプレイヤーが野次を飛ばす非戦闘民に詰め寄った。

「何もしないで引きこもるだけのお前らが、寝る間も惜《お》しんで命を張って戦い続ける俺達にどうしたら指図できるんだよ!!　戦わないし稼げないくせに口だけ出してくる奴らになんだって命かけなきゃなんねえんだよ!!」

連日の見回りと深夜の見張りで憔悴《しょうすい》しきったメンバーは、引きこもるだけの非戦闘民に不満をぶちまけた。

特に、紋章ギルドの中でもワタルやアルバに感銘を受けて参加した者達は、二人の善意を毛ほども思わないどころか、守られて当然のような態度をとる非戦闘民に我慢ならなかった。

騒ぎが拡大する直前——アルバが背中の大剣を地面に突き刺した。

周囲の騒ぎがぴたりと止《や》み、静寂が落ちる。

「そこの方、こちらに来てもらえるか？」

アルバは野次をしていた非戦闘民の男を指名し、呼びつけた。

指名された男は不安そうな表情を見せながらも、自分の主張は正しいと言い聞かせながら恐る恐る前へ出る。

「PKの存在が不安で眠れないという意見が出たが――この都市が〝安全〟であることを、今ここで実演しよう」

そう言って、アルバは素早い動きで男の腕を取って剣を握らせ、自分の首へと突き立てた。

そのあまりの速さに、ワンテンポ遅れて、周りのギャラリーから悲鳴に似た声があがる。

アルバの首に剣が当たる直前、モザイクのように一瞬乱れるポリゴンと共に表示されたのは〝system block《システムブロック》〟の文字だった。

「都市内でのPK行為はシステムによって守られる。つまりアリストラスの城壁内にさえいれば、プレイヤーやmobに襲われる心配はない」

協力感謝しますと、アルバは男を解放する。

しばらく呆《ほう》けていた男は一目散に駆け出した。

その顔は屈辱《くつじょく》と羞恥《しゅうち》で引きつっていた。

とはいえ、気づいた人は気づいていたが、アルバの説明は実は不十分である。なぜなら、城門が侵攻《しんこう》によって破壊された時点でその機能は失われるのだから。

しかし今はそんな情報を加える必要はないし、現に先ほどの実演で多くの人が心の底から納得していた。

続いてアルバはキッドに視線を移す。

何かを操作し、ある地図を展開した。

その地図は、まるで迷路のように複雑に入り組んだ道が続いていた。その中には、入り口から出口までの最短距離を結んだ赤い線も加えてある。

「これはβ時代に情報屋から購入した〝イリアナ坑道の全ての道〟だ。これを見れば、ここがいかに入り組んでいて、万が一待ち伏せでもされていたら戦い辛《づら》く非常に危険なのかが分かるだろう」

キッドに同調していたメンバーは、坑道のあまりの複雑さに「こんな場所に無策で入ったら確実に迷子《まいご》になる」といった言葉も出始め、キッドも何も言えずに押し黙った。

事態が収束に向かいはじめ、アルバはため息を吐《つ》きたい衝動をぐっと堪《こら》えながら、散っていくギャラリーを見送っていた。

(そろそろ限界に近い、か)

皆、些細《ささい》なことでも声を荒らげることが増えた。

いつ起こるか分からない侵攻への不安感や日々のストレスで、キッド辺りがいつ暴徒化してもおかしくない——頼みの綱である彼女からの報告が、混沌《こんとん》とした今を打破できる希望となるだろう、と。

(頼む、急いでくれ)

傾く日に照らされながら、アルバは参謀からの吉報を待った。

＊　＊　＊　＊

ミサキは〝表示されない〟目標物と出会っていた。

依頼主が紛失した工芸品――つまり無機物である。

（犬探し同様、人探しの時には緑の点で表示されて工芸品探しでは無反応。私の固有スキルは文字通りの効力みたいだ）

時間は冒険者ギルドで会った人との会話まで遡《さかのぼ》る。

「あ！　あなたも弓使いなんですね」

「本当だ！　偶然ですね！」

達成報酬を貰《もら》うため受付に並んでいたミサキは、背中に弓を背負《せお》った男性プレイヤーに話しかけられた。

ミサキは「会話なんて久しぶりな気がする」などと感じながら、待ち時間たっぷり、男性との会話を楽しんだ。

彼もまた、紋章ギルドへ負担を軽減させるためクエストを受け始めたというミサキと同じ境遇のプレイヤーで、偶然にも同じ弓使いであった。

捜索系クエストも幾《いく》つか完了していた彼だが、しかし、ミサキのように目標物をミニマップ上で確認できたりはしなかったという。

彼とミサキとで違うもの。

それは〝固有スキル〟に他ならない。

「固有スキルは迂闊《うかつ》に人に教えない方がいいよ」

別れ際、男性に言われた言葉。

固有スキルはいわば秘密兵器とか必殺技の類《たぐ》いであるため、ミサキとしても、相手が何者か分からないうちは手の内を晒《さら》すのは控えようと考えるようにした。

ミサキは周りに誰もいない事を確認したのち、メニュー画面から自分の固有スキルを確認する——と、そこには〝生命感知〟と書かれていたのだ。

時間は戻り、路地裏。

工芸品探しの依頼を諦《あきら》めたミサキは、次の目標である猫を捕まえて確信する。

（生物捜索に特化した能力なら、冒険者ギルドにある〝探す対象が生物の依頼〟を片っ端から受けていけば自立できる！）

金銭的な将来の不安が解消されたミサキは、猫を撫《な》でながら鼻歌まじりに歩き出した。

＊　＊　＊　＊

紋章ギルドには大きな三本の柱がある。

ギルドマスターの〝ワタル〟。

サブマスターの〝アルバ〟。

そして参謀の〝フラメ〟。

酒を片手に唸《うな》る、眼鏡をかけた美女。

彼女が紋章ギルドNo．3のフラメである。

フラメはワタルから最優先任務として〝あるスキル〟持ちの者を探し、協力してもらう交渉を行う命を受けていた。

なぜならワタルは彼女の頭脳と先見の明を高く評価していたから。

フラメもそれに応えるべく、あらゆる手段を尽くしていた。

フラメはその日のうちに、すれ違った人物全てにメールを送り（eternity《エタニティ》では周囲5メートル以内にいたプレイヤーが履歴に残り、メールなどを送ることができる）反応を見たが、返信はどれもこれも救済を求めるものばかりで空振りだった。

最前線で戦うプレイヤー達にもコンタクトを取ってはみたが、情報が得られるどころか返事すら返ってこない始末。

メール勧誘を早々に諦めたフラメは酒場にいた。

酒場と言っても、冒険者ギルドである。

掲示板前を行き交うプレイヤーをじっと観察しながら、たまに席を立ち、受付と少し会話した後、また同じ席に戻る――これを繰り返していた。

（今日も収穫なしとなると、ちょっと作戦変えないとかな？　生き残るのに意欲的なら、そろそろ現れても良さそうなのに）

フラメがなぜ冒険者ギルドを張っているか――それは、彼女が探すスキルの性質を考えた場合、ここにいるのが一番確実だったからである。

『遠視か俯瞰視《ふかんし》、欲を言うと千里眼の類いのスキル持ちの人を探してきてください』

侵攻を早期発見し、都市の外で紋章ギルドの精鋭が叩《たた》いて沈静化――これが理想的な侵攻の止め方であり、後手に回れば都市のセーフティーが解除され、たちまちｍｏｂがなだれ込んでくる。

かといって、毎晩人の目で侵攻発生を見張るのはかなり体力を消耗するし、現状、昼間も動き回る精鋭達も見張りに駆り出され、ろくな睡眠が取れていない。

だから遠視系の見張りに役立つスキルや、俯瞰などの広範囲で見通しが利くスキル持ちが数人でも確保できれば、少なくとも見張りの負担が軽減されるのである。

加えて、他にあるかは不明だが、千里眼スキルのようなレアスキルさえあれば、その一人で見張りが事足りるのだ。

今や35万人が囚《とら》われたこの世界。

それらのスキルを持ちつつ、未だアリストラスに留《とど》まっているプレイヤーがいてもおかしくはない。

（そろそろ宿屋巡りに切り替えるべきか、それともあの人に協力を頼みにサンドラス甲鉄城《最前線》まで飛ぶか――）

ジョッキサイズの酒樽《さかだる》を転がすフラメに、決断の時が迫っていた。

前者の宿屋巡りだが、常に宿屋にいるのは非戦闘希望の引きこもりプレイヤーだし、そもそもギルド側の要望を脊髄反射《せきずいはんしゃ》で拒否する者が多く、戦力的にもアテにできない部分がある。後者は、β時代唯一〝千里眼〟というレアスキルを持っていたプレイヤーを探す方向だが——こちらも諸事情により望み薄である。

（生きる意志があって、そういうスキルを持っていたらここに辿《たど》り着《つ》くと思ったんだけど）

諦めて席を立つフラメの横、受付の前に一人のプレイヤーが依頼を受けにやって来ていた。

フラメが何気なくそれを眺《なが》めていると、どうやらそのプレイヤーは五枚も同時に依頼を受けるつもりらしく、紙束をバサリと置く。

初心者用の弓を背負った女の子。

活発そうな顔立ちで、スラッとスタイルも良い。

その目は、表情は、生きるのを諦めた者とは違っていた。

「失礼ですが、こちら全て〝捜索〟依頼となっております。捜索依頼はひとつひとつにかなりの時間を有しますが、達成不可となると罰金もございます。それでもよろしいですか？」

「はい！　大丈夫です！」

依頼書の制限時間は48時間。

一見長いように見えて、実は短い。

特に捜索依頼は探索者系統の職業でもない限り、一日一枚が関の山である。

それを一気に五枚。

これは、当たりだ。

フラメは跳んで喜びたい気持ちを抑え、その少女——ミサキに声をかけたのだった。

＊　＊　＊　＊

冒険者ギルドにある、四人がけの丸い木製のテーブルを囲うように座る、三人の鎧騎士《よろいきし》と一人の初心者弓使い。

「貴女《あなた》が〝生命感知〟スキル持ちのミサキさんですね。僕は紋章ギルドのマスター、ワタルです。はじめまして」

しばしの沈黙を破るように、にこやかな笑顔を見せ、ワタルがミサキに話しかけた。

ミサキは隣に座るフラメという女性の必死な口説《くど》きに負けた後、あれよあれよと進む展開について行けず、目を回していた。特にワタルが正面に座った時には大声を出しそうになったほどだ。

「は、はい。そうみたいです」

紋章ギルドのマスターといえば、初日の大混乱を勇気ある一声で鼓舞《こぶ》した、ミサキの中では英雄クラスの人物。他の二人もギルドのNO．2と3だと聞き、さらに胃が痛くなる思いだった。

ミサキの様子を見て世間話は余計に萎縮《いしゅく》させると判断したフラメは、単刀直入に質問をする。

「早速で申し訳ありません。ミサキさんの生命感知は〝探している生物がミニマップに表示される〟とお聞きしましたが、その効果限界と範囲を知りたいのでいくつか質問させていただきます」

「はい、どうぞ」

業務的なやりとりが続く。

「まず〝目標とする生物〟とは、具体的にどのようなものでお試《ため》しになりましたか？」

「私が探せたのは、人、犬、猫でした。他はできないというより、試していないからできるか分からない……という感覚です」

「なるほど、ありがとうございます」

フラメの質問に、ミサキも簡潔に答える。

ミサキ的にはフラメのこの気遣いがかなりありがたく、お陰《かげ》でワタルやアルバの圧倒的な存在感も薄らいでゆく気がしていた。

今度は、自己紹介後にずっと黙っていたアルバが質問する。

見るからに強そうな壮年の戦士からの質問に、ミサキは若干身構えた。

「たとえばミニマップはズームインもアウトもできる。最大限ズームアウトした状態で〝対象〟を感知しても、表示されたりするのかな？」

それも試したことはなかったな――と、ミサキは言われた通りに試していく。

左上にあるミニマップを〝ズームアウト〟と念じて操作。そして徐々に広く細かく表示されるミニマップを見ながら、今度は先ほど受けた依頼の中の〝家出したロップル君〟を生命感知してみた。

すると——

「座標でいうとx:1708、y:224、z:17の位置にいるみたいです。反応がありました」

「ほう、それはすごい！」

ミサキの答えに、アルバは目を丸くした。

ミニマップを最大まで縮小すると、アリストラスの1／4程度までは収まるのである。

他にこんな芸当ができるのは、それこそ千里眼くらいだろう。

彼女はまさしく、紋章が探し求めていた逸材に他ならない。

後はアレが感知できれば——そう考え、アルバは次なる質問を投げた。

「ものは試しでやってもらいたいんだが、対象をｍｏｂ……いや、モンスターに設定して感知することはできるかな？」

ミサキは続いて、ｍｏｂへと意識を切り替える。

すると主に都市の外側に小さな赤い点が次々と現れ、動き始めた。

「見えます。座標は一番近い個体から——」

「いやいや、座標までは大丈夫！」

真面目に座標まで答えようとするミサキを制止するフラメは、ワタルに視線を向けた。

ワタルは全てを察したように頷《うなず》く。

「ミサキさん、厚かましいお願いだとは思いますが、ミサキさんがお手すきの時に城壁外側の索敵《さくてき》・報告をどうかお願いできませんか。もちろん、一回の索敵に対してその都度報酬はお支払いします」

「えっ、ちょっ、頭あげてください！」

そう言って頭を下げるワタル。

ミサキは驚きながらそれをやめさせた。

「私としても、紋章の皆さんには、あの日私達を救ってくれた恩義を感じていますし、今も私達を守るために必死に動いてくれているの知っていましたから――私でよければ、お力になります！」

その言葉に、何より感激したのはフラメだった。

ガタンと席を立ち、ミサキに飛びついた。

「ありがとう――!!　ミサキさんが参加してくれたら百人力だよ！」

「それは何よりですが……くるひぃ」

女性二人が抱き合う姿を眺めながら、アルバはひとつ咳払《せきばら》いをして、質問する。

「早速で申し訳ない。今この付近で侵攻が発生していないかだけ、探すことはできるかい？」

「侵攻……？　というのはどんな状態ですか」

ミサキは既に生命感知を使っているようで、ここではない何処《どこ》かを見ているような目線のままアルバに聞き返す。

「少なくとも１０体以上のモンスターが集まっている状態なら、侵攻の可能性がある」

もっとも１０体規模の侵攻ならば、脅威となる前に叩けるから問題はないのだが。

それを聞いたミサキは「んー……」と唸った後、周辺の草原から逸《そ》れ、イリアナ坑道へと移動し——そして、それを発見した。

「イリアナ坑道にそれらしい集合体があります」

「！」

ぽつりと呟《つぶや》くミサキ。

それを聞いた三人は顔を見合わせた。

すぐさまアルバはイリアナ坑道の地図をコピーし、ミサキにメールでそれを送った。

ミサキは都市内から出たことがないためマップの〝開拓《かいたく》〟がされていない。だから、坑道内の地形などの細かな情報が分からないと判断したのだった。

本来このマップの写しは十数万ゴールド相当の価値があるものだったが、今はそれどころではない。

「それをマップに上書きすれば地形まで分かるようになる。それで、場所は？　数は？」

「アルバさん！　落ち着きましょう！」

鬼気迫る勢いで詰め寄るアルバを、フラメが慌てて止める。ミサキは言われるがまま、そのマップの写しを自分のマップに上書きする——と、見えなかった部分が霧が晴れたように鮮明となった。

「座標x:706、y:-525、z:8」

ぽつりと呟くように、読み上げる。

三人は各々《おのおの》のマップをその座標まで移動させ、その何もない開けた空間にたどり着く。

「それで、数は——？」

「んー分かりません。たくさんいますね」

その言葉に、三人は凍りついた。

特にアルバは第１７部隊の件が頭をよぎっていた。

イリアナ坑道は迷路のように入り組んでいる天然の迷宮であり、慣れた者でも地図なしでは迷うため雑魚ｍｏｂ狩りもおこなっていない場所である。

そして、イリアナ坑道で発生した侵攻がアリストラスに来る可能性は——ある。十分に考えられるのである。

真剣な表情でワタルが聞く。

「おおよその数はわかりますか？」

「そうですねぇ。１００くらいでしょうか」

１００匹規模の侵攻。

徒党を組んでいる魔物の強さによっては、簡単に城壁など壊されてしまうほどの規模である。

「ＰＫとは別の脅威か——ミサキさん、貴女のお陰でこっちは先手を打てる。本当にありがとう」

そう言ってアルバは立ち上がり「事態は急を要する。ｍｏｂの詳細を確認してくる」と冒険者ギルドから飛び出した。

フラメもまた、アルバ同様に動き出す。

「ミサキさん、これが終わったらちゃんとした報酬も用意するからね！　本当に助かったわ！」

パタパタとギルドを後にするフラメ。

ミサキの視界端にあるメールが光っており、開くとそこにはフラメから10万ゴールドが送られてあり、唯一残ったワタルに慌てて詰め寄った。

「ちょ、あの！　マスターさん、これ！　こんなにいただけませんよ！」

動揺した様子でメールを見せるミサキ。

現代日本でいう10万円はそこそこな大金程度であるが、ここはゲーム内——それも今まさにデスゲームと化したeternityにおけるゴールドとなれば、その価値は＝命と直結する。具体的に、宿屋代に換算すれば2000日分に相当するのである。

ワタルは少し困ったように頬を掻《か》いた後、この聡明《そうめい》な女性なら理解してくれると信じて、回りくどい言い方を止める。

「すごく配慮に欠ける言い方かもしれませんが、貴女のスキルには価値があります。というよりも、むしろ10万ゴールドでは少ないです。貴女がeternityでの生命線である自分のスキルを快く教えてくれた事にも、我々は報酬という形で感謝を表すつもりでいます」

ミサキというよりミサキのスキルに対する対価・報酬という言い方だったが、それに関してミサキは特に気にしていない様子である。

「いやいやいや、貰いすぎですってこれ！」

あたふたするミサキに対し、ワタルは落ち着いた笑みを作り、それに答える。

「ミサキさん。今回貴女が見つけた侵攻は、かなりの規模である上にまだ〝成長過程〟にあります。これに気づかず放置していたら成熟した侵攻に対し、最悪我々はこのアリストラス共々滅んでいたかもしれません――現在この都市におよそ35万人近くいる命を結果として救ったと考えたら、10万ゴールドぽっちじゃ本来釣《つ》り合《あ》いが取れませんよ」

35万人の命――

ミサキは火が消えたように大人しくなる。

成長過程と言った根拠として、侵攻が未だ隣のエリアに存在していたからと説明できる。

今回の侵攻はまだイリアナ坑道内に留《とど》まっている――つまり人里を攻める程、資源に困っていないということになる。

逆にいえば、まだまだ勢力は拡大していくのと同義であるため楽観視はできないのだが、前もって情報を仕入れ、討伐隊を組み叩くことができる。そして侵攻側からしたら、突然攻め込まれる形となる。先手を打つ方が圧倒的に有利である。

「それに、少し不安はあるけどこれはチャンスだと思います。今回の件が片付けば、我々は侵攻の阻止以上に大きなモノを得られますから」

ミサキには何のことか分からなかったが、この青年はどうしてこうも頼もしいんだろうと思っていた。彼ならばどうにかしてくれそうだ――漠然《ばくぜん》とだが、根拠のある何かを感じてしまうのだった。

＊　＊　＊　＊

薄暗い坑道内に、蹄《ひづめ》の音が響き渡る。

風の如《ごと》き速度でイリアナ坑道を駆けるアルバは、ミサキが〃生命感知〃にて視《み》た座標の所に向かっていた。

彼が跨《また》がるのは、力強く嘶《いなな》く軍馬――固有スキル〃黒馬〃だ。

その効果は、黒馬の分のLP《生命力》を自身に追加し、全てのステータスに加え移動速度が上がるというもの。

眷属《けんぞく》でパーティ枠が埋まる召喚士《サモナー》や従魔使い《テイマー》とはまた違い、黒馬は扱い的に《道具《アイテム》》としてカテゴライズされるレアスキルである。

これを持つアルバは単騎で別格の機動力を得ている――

行く手を阻むイリアナ・スパイダーやゴブリン、イリアナ・バットを黒馬との一体技である《突進》によって蹴散《けち》らしながら、度々地図を確認しつつ進んでゆく。

(妙《みょう》だな……)

速度はそのまま、今しがた通ってきた道へと振り返る。

アルバはある違和感を覚えていた。

ギャゴギャゴギャゴ！

再び目の前に現れる緑色の小鬼。

薄汚い布を纏《まと》った醜悪な見た目のソレは、ファンタジーの代表格ゴブリン。

《突進》によって轢《ひ》き潰《つぶ》され、経験値といくらかのお金・アイテムに替わるソレは——本来イリアナ坑道には出現しないｍｏｂである。

（イレギュラー湧《は》き《ぐ》れか？　それにしては何体もいたが……）

そしてアルバは座標の位置にたどり着く。

そこは薄暗くも開けた巨大なコロニーのような場所であり、そこかしこから蟾蜍《ヒキガエル》の合唱にも似た声が聞こえてくる。

嫌なにおいを撒《ま》き散《ち》らしながら燃え盛る松明《たいまつ》に照らされ、その集落の全貌《ぜんぼう》が露《あら》わになっていき——岩陰のアルバはその光景に戦慄《せんりつ》する。

（なんだこの規模は。こんなの、β時代に一度だって発生しなかった）

見渡す限り、緑の小鬼が蠢《うごめ》いている。

腰に汚れた布だけを装備した者もいれば、しっかりと武装した者もいるし、一際体が大きな個体も見られる。恐らく中央部に鎮座するヤツがこの侵攻の王であることは一目瞭然だった。

それらは何か一つの目的を持っているかのように、木材や紐《ひも》や石を運んでいる。中には熱い鉄を叩いて武器を作っている者も見られた。

ミサキは総数を１００と視ていたが、彼の目にはもっと遥《はる》かに多いように見えた。

あの時点での彼女の情報は正しかったのだとすれば、この侵攻は恐ろしいスピードで数を増やし続けている事になる。

(ゴブリン種はウル水門が本来の縄張り。あの場所を食い尽くしてからここに居座ったのだとすれば、今回の規模も合点がいくか——)

どの道、今のアルバにはどうにもできない。

アルバは気付かれないよう細心の注意を払って黒馬に跨がり、ワタル達にメールを送った後、元来た道を駆け抜けた。

＊　＊　＊　＊

アルバからの報告書を受け取ったワタル。

隣に座るフラメはその内容に目を見開いて驚嘆し、何も知らないミサキは不思議そうに首を傾《かし》げた。

「想像以上だ……」

ワタルの額《ひたい》にも一筋の汗が流れる。

フラメは何かの資料をスクロールし、蚊帳《かや》の外《そと》だったミサキのメールに送信した。

《ゴブリン》ウル水門を縄張りとする亜人種。非常に狡猾《こうかつ》だが戦闘能力は低く、魔法にも弱い。繁殖能力が高く、短い期間で増殖を繰り返し、ある程度の集団で行動する。弱点属性は全て。

レベルは5～7
《ゴブリン・メイジ》カロア城下町周辺に現れるゴブリン種の派生種。倒した冒険者の本や杖《つえ》を眺めているうちに魔法が使えるようになったと言われている。火属性と水属性の魔法を操る。弱点属性は全て。レベルは11～15
《ゴブリン・ソルジャー》カロア城下町周辺に現れるゴブリン種の派生種。倒した冒険者の剣や鎧を身に纏い、多くの戦闘を重ねている。弱点属性は全て。レベルは11～15
《盗賊・ゴブリン》ゴブリンの派生種。通常の緑色ではなく青色の体を持ち、その袋には採取したり強奪したアイテムをため込む習性を持つとされている。弱点属性は全て。レベルは8～10

ゲームに疎《うと》いミサキでも、ゴブリンという名前は聞いたことがある。
フラメが送ってきたメールにはそれの詳細が記載されており、特にレベルの部分を見て事態の深刻さを悟《さと》る——そして最後の部分までスクロールした時、ミサキは思わず「嘘《うそ》……」と呟いた。

《キング・ゴブリン》カロア城下町周辺に稀《まれ》に現れるゴブリン種の派生種。〟ｂｏｓｓ特性〟を持ち、高い知能と戦闘能力で、率いたゴブリン種のステータスを底上げする。弱点属性は全て。レベル35～40

レベル、35から40の個体。

そんな化け物が、レベル1の非戦闘民で溢《あふ》れるここアリストラスに攻め込もうとしている
……無知なミサキでも血の気が引くような絶望感を覚えていた。

「どうする、ワタル」

静かな口調でフラメが問うた。

両指を合わせ沈黙していたワタルが目を開く。

「無論、やるしかないでしょう。侵攻は時間がたてばたつほど強大になっていきますから」

「危険は伴《ともな》うけど私もそう思う」

絶望に打ちひしがれるミサキとは違い、紋章ギルドの二人は冷静だった――あるいは既に、覚悟ができていたと言うべきか。

フラメは席を立ち、何かの紙を取り出す。

一枚は冒険者ギルド宛の文書。

一枚には、緻密《ちみつ》に練られた作戦がびっしりと書き記《しる》されていた。

「冒険者ギルドには私から申請しておく。ワタルはコレ読んでからメンバーに招集かけて、練度の高いメンバーと低いメンバーにそれぞれ別の役割を与えて作戦を伝達して」

驚くべきことに、フラメはこの一瞬でゴブリンの侵攻に対する作戦を組み立てていた。

それは、mob・場所・規模からあらかじめ予測し、すでに構築していた作戦にアルバから

の情報を当てはめ、最適な状態に昇華させたものだった。

ワタルは「承知しました」と立ち上がり、冒険者ギルドの扉から外へと消える。

残されたミサキは、拳《こぶし》を強く握った。

私はこのまま傍観でいいのか？　と。

「あのっ！」

気がつけばミサキは、受付に向かうフラメを呼び止めていた。

「私も、私も戦います！　プレイヤー達《わたし》は平等に同じだけ強くなれる素質があるのに、皆さんだけ危ない目に遭うのをただ見てるなんて無理です！」

ミサキの手は震えていた。

レベル3の、戦闘経験もない、頼りない弓だけ。

あるのは撃ったこともない、頼りない弓だけ。

フラメは厳しい顔でミサキに向き直る。

「侵攻は立ち回り次第でβテスターでも死ぬ可能性があるの。今回は最善と考えられる作戦に加えて、私達の戦力的に見ても勝算は6割7割が良いところ」

「でも――――！」

「それに、貴女のスキルはとても希少で貴重なの。だから私達の未来のためにも、失うわけにはいかないのよ」

フラメはミサキを抱きしめた。

ミサキは今生《こんじょう》の別れのように感じ、自然と涙がぽろぽろと溢れていた。

事実、今回の作戦にレベル3で戦闘経験のないプレイヤーを同行させるのは危険を通り越して無謀《むぼう》だった。

ゴブリンだって、一番弱い個体でもレベル5はあるのだから。

ワタルやアルバでも、彼女を守りながら戦闘するわけにはいかない。それほどまで切迫した状況だというのが分かる。

「もしも――この都市のため尽力してくれるというのなら、〝生命感知〟を使って新しく侵攻が発生しないかどうかの確認と、坑道内の侵攻が消滅しな﹅か﹅っ﹅た時に素早く避難できるよう、気を張っていてほしいな」

そう言いながらも、フラメは自分の言葉が単なる気休めである事を理解していた。

この都市の最高戦力たる紋章ギルドの敗北は同時にアリストラスの陥落をも意味するのに、非戦闘民達はいったいどこに避難すればいいというのだろうか、と。

ミサキもまた、それに気づいていた。

気づいてなお、黙って抱かれていた。

フラメにはこう告げる他ないのだと分かっていたから。

フラメはミサキが落ち着くまで離れなかった。

ミサキの嗚咽《おえつ》が終わって心の中でたっぷり10秒数えた後、フラメは優しくその手を離し、受付へと向かった。

「失礼します。イリアナ坑道内にゴブリンの集落を発見したので、報告します」

それを合図に——先ほどまでのんびりとした雰囲気だった冒険者ギルド内は一斉《いっせい》に慌ただしくなる。

侵攻発生時のNPCパターンである。

侵攻が発生すると、都市内の兵士NPCから冒険者NPCまでが武器を取り戦闘に加わってくれる（アリストラスのNPCはレベル1～15であるため大した戦力にはならないが）。

切羽詰《せっぱつ》まった表情の受付NPCがクエストボードに大きな紙を張り出した。

そこに記された〝グランドクエスト〟の文字。

グランドクエストとは——

参加可能人数に応じた単位のようなもので、一人用なら〝ソロ〟六人までなら〝パーティ〟30人までなら〝レイド〟そして無制限参加可能なのがこの〝グランドクエスト〟である。

フラメは冒険者ギルドの外へ出た。

今頃ワタルが残ったメンバーに作戦を伝達している頃だろう——そう推測するフラメは、不安げな面持《おもも》ちで天を仰いだ。

（もうじき夜ね……）

緋色《ひいろ》の空が、静かな黒に変わりはじめていた。

グランドクエスト

依頼内容：ゴブリン集落の一掃依頼
依頼主名：冒険者ギルド
有効期間：無制限
募集人数：無制限
依頼詳細：イリアナ坑道内に発生したゴブリン集落の殲滅《せんめつ》。侵攻の可能性があるため、早急に討伐隊を編成したい。

アルバからの伝令を受けてから15分後。

ワタルはアリストラスの中央広場——かつて彼が民衆達に必死の訴えを行ったその場所に、戦闘能力の高いメンバーを集めていた。

集められたメンバーには不安の色が見える。

壇上のワタルが口を開いた。

「侵攻が確認されました」

メンバーからはどよめきの声が上がる。

「き、規模は……？」

「およそ150、しかし今この時も恐ろしいスピードで増殖しています。ｍｏｂの種類はゴブリンです」

150匹のゴブリンの侵攻。

少し前知識がある者からすれば、ゴブリンは知能も低く戦闘能力も高くない雑魚ｍｏｂだと知っていたから、数こそ膨大だが強敵ではない。中には安堵《あんど》の表情を浮かべる者もいた。

ワタルは続ける。

「アルバが確認したところによれば、ゴブリンの他に派生種がいくつか確認できました。具体的には〝ゴブリン・メイジ〟〝ゴブリン・ソルジャー〟〝盗賊・ゴブリン〟――そして〝キング・ゴブリン〟」

キング・ゴブリンと聞いて、悲鳴が上がる。

β時代、二度の侵攻で二箇所の町が壊滅した過去があり、その片方で侵攻を率いていたのがこのキング・ゴブリンだったからだ。

キング・ゴブリンの戦闘能力は勿論《もちろん》高い。

それ以上に厄介なのは奴の固有スキルである。

〝同族強化の檄《げき》〟――味方強化のスキルだ。

姑息《こそく》だが弱いゴブリンを強化し、まとめあげ、行動に意味を持たせるキング・ゴブリンは存在するだけで強力な支援魔法《バフ》と化す。

そのキング・ゴブリンが前代未聞の規模の侵攻を率いている。

以前は劣勢でもゲームだから戦えた。

しかし今は自分の命を賭《と》して戦うデスゲーム。

負ければ待つのは〝死〟だ。

「初心者に時間を割きすぎて外の警備が疎《おろそ》かになったんだ」

「キングだなんて、戦えるとしたらレベル30からだろ？　そんなのもうランカーじゃなきゃ……」

「イリアナ坑道はエマロの町までの最短ルートなのに、これじゃ移住計画すら台無しだ」

メンバー達は絶望的だと口にする。

半ばパニックになる広場の中、ワタルはそれでも気丈に声を張る。

「過去最大に危険な戦いになります――しかし我々が今回の侵攻を止めなければ、多くの人達の命が脅《おびや》かされます。今から告げるのは〝ゴブリン集落討伐戦〟の作戦内容です。戦う意志がある者だけここに残り、我々と共に侵攻に挑みましょう」

ワタルの呼びかけにメンバー達は顔を見合わせたのち、その多くがバツの悪そうな表情で去ってゆく。

200人弱はいたメンバーが60人程度まで減っていた。

紋章ギルドのメンバーとて、彼らは兵士ではない。

ギルドマスターであるワタルが呼びかけても、そこに強制力など発生しないのだから。

むしろ良くこれだけ残ってくれたと、目の前の勇気ある戦士達に感謝の気持ちを抱いていた――しかし同時に、予想よりも人数が残らなかった事に一抹の不安も感じていた。

「やっとマトモな相手に剣振れるよな！」

「もうネズミ駆除はこりごりっすリーダー」

ワタルを気遣ってか、調子の良さそうな男達が口々に声を上げる。

雑魚ｍｏｂ狩りへの鬱憤《うっぷん》。

見張りに対する鬱憤もあっただろう。

あるいは都市を守る義務感か、英雄になれる期待感か——ｅｔｅｒｎｉｔｙ史上最大規模の侵攻を前にしてもなお、メンバーの士気は高かったのだ。

（あとの頼みの綱は、個人的に送った最前線プレイヤー達への救援要請。期待できるのはほんの数名、か……）

メニュー画面を閉じ、仲間達を見下ろす。

各地で沸き立つメンバー達。

恐怖を考えないように、震える体に喝《かつ》を入れるかのごとき雄叫《おたけ》びが響き渡る。

壇上のワタルは微笑を浮かべ、沈みゆく太陽を眺めた。

＊　＊　＊　＊

ＮＰＣ《人々》が激しく行き来する冒険者ギルドの中心。

一人佇《たたず》んでいたミサキは、一言も発さぬままギルドを後にし、宿屋の方へと歩いていく。

遠くで雄叫びが聴こえてくる。

アルバさんは無事に戻れただろうかと、ミサキは城門の方へ視線を向けた。

松明を持った兵士NPC達が集まっている。

城門を補強しているように見えた。

冒険者ギルドだけでなく都市内全体が騒がしい。

大規模な侵攻が発生した情報が、瞬く間に広がっていたのだ――人々の慌てようを見れば、いかに緊迫した状況であるかが分かる。

(私にできる事は、もう何もない)

少なくとも、今のミサキは単なる足手まといだ。

紋章の三人が貴重だと言ってくれた固有スキルを用《もち》いれば、きっといつかフィールドでの狩りだってできるだろう。そして将来的に、彼らの横で手助けができるだろう。

そう、将来的に。

今ではなく、である。

ミサキが宿屋に着くと、そこは多くの人で溢れかえっていた――そしてやたら目につくのは、鈍色《にびいろ》の鎧を着た人達である。

(あれ、この人達って……)

鈍色の鎧は紋章ギルドの、特に戦闘員に渡されるそれは〝制服〟の意味を持ち、ミサキ達のような非戦闘民とは違い、戦う力を持ったプレイヤーだと見分けがつく。

(なんでこんな場所にいるんだろ。今はワタルさんが作戦の伝達を――)

そこまで考えて、ハッとなる。

彼らは作戦から降りたのだと気づいたから。

実際、作戦を降りた紋章ギルドのメンバーは、そのバツの悪さから早々に宿屋に戻り、明日は外に出まいと決め込む者が多かった。

現実逃避ともいえる。

いつにもなく賑《にぎ》わう宿屋の食堂部分は活気とはほど遠い、異様な雰囲気に包まれていた。

ミサキの脳内に、フラメの言葉が蘇《よみがえ》る。

〝私達の戦力的に見ても勝算は6割7割が良いところ〟

(もしもこの人達を含めた目測だったとしたら、本当の勝算はいくつになる？　6割？　5割？　もしも私のスキルに誤りがあって、予想を上回る規模になってたら？)

考えれば考えるほど、ミサキの頭の中が絶望に支配される——戦う力を持ってるなら、どうか彼らの手助けをしてくれないかと言いたくなる気持ちをグッと堪え、ミサキは彼らの横を足早に通過し自分の借りている部屋へと入った。

そのままベッドに倒れ込む。

ひんやりとしたその温度は、まるで今の自分の心のようだなと、ミサキはさらに落ち込んだ。

(感情論だけであの人達を責める権利はない。私だってこうやって、怯《おび》えて籠《こも》って神様に勝利を祈るだけの、端《はた》から見たら卑怯者《ひきょうもの》なんだから)

シーツに包まりながら、唇《くちびる》を噛《か》む。

史上最大の決戦を前に、プレイヤー達は各々違った感情を抱きながら眠れない夜を過ごすのだった――

＊　＊　＊　＊

巨人《ガラス》と金髪の騎士《バートランド》は、共にダンジョンコアのある空間までの道を歩いていた。

というのも、修太郎《しゅうたろう》がどうやらダンジョンコアの空間にいるようで、目的地の重なった二人が合流していたのだ。

「外界の強者はどんなか、血湧く血湧く」

「俺は落ち着いた静かな場所に引っ越したいね」

豪快に笑うガラスと、軽薄《けいはく》そうに笑うバートランド。

二人は明日に迫ったダンジョン開放後についてを話しており、二人共、外に出たら己《おの》が欲望のまましたいことをするつもりでいた。

彼らは修太郎の持つ力こそ認めていたが、腹の中で、修太郎を外界に運んでくれる便利な移動手段程度にしか思っていなかった。

魔王達の中でもこの二人は特に自己中心的で、義に厚いシルヴィアやセオドールとはよく意見が衝突していた。

「外界の美味《うま》い飯食べて、女の子と遊んで、好きなだけ寝る。楽しみだなァ」

口に咥《くわ》えた煙草《たばこ》のようなモノを動かしながら、気楽そうにへらへらと笑うバートランド。

ガララスは隣の優男《やさおとこ》を呆《あき》れたように見下ろす。

「相変わらず野心のない男よ。多くを従えてこその王だろう」

「へいへい。なんとでも言ってくれ。旦那と違って俺は無欲なもんでね」

そんな会話をしながら階段を上り——二人は一面に広がる光景に、思わず言葉を失った。

「おい、いつからここも世界になったんだ？」

「バンピー《御姉》は何も言ってなかったのに」

見渡す限りの青々とした草原。

奥には澄みきった湖があり、上には見慣れない光の球体が〝都市〟を煌々《こうこう》と照らしている。

修太郎が寝落ちした事で加速機能が実行された結果、この空間は他の部屋と時間の流れが変わっており、単なる施設の集合体だったそこは立派な都市に発展していたのだ。

「陛下の〝反応〟は——向こうか」

「しかし元より随分広くなったよなァこの空間」

どうやら修太郎は都市の反対側にいるらしく、二人は顔を見合わせた後、突然できたその都市に足を踏み入れた。

都市内は修太郎の理想としていた世界となっていた。

種族の違う人型のｍｏｂ達が争う事なく共存し、店を持ったり家庭を持ったりと、自由に暮らしている。

種族の長所短所に合わせ、適材適所働く人々。しかし交わす言葉は統一化され、文化の違いはあれど言葉の壁は取り払われていた。

二人の横を走り抜ける子供達は見たこともない種族特徴を持っており、この世界が暗に〝異種族結婚〟をも認めた場所である事を表していた。

中には大きな力を持つ者も見られる。

どうやら上位種も生まれているようだ。

「驚きだ……見ろ、この質の良い剣《つるぎ》を。分かるか？　一本の剣に巨人とリザード、そしてドワーフの技術が使われている」

「性能もかなりのもんだな——これが姉御が言ってた主様《あるじさま》の偉大さ、か」

都市内を行き交う武装した種族のレベルも相当高いことが見て取れる。それは、ここの住人達が闘技場や訓練場での鍛錬《たんれん》を怠《おこた》らず、ステータスとスキルのレベルを高みへと昇華させた結果だった。

培《つちか》われた技術は子の代孫の代に受け継がれ、優れた種族特性を併せ持つ個体も多く存在している。そしてそれらは学舎等で異文化の理解を深め、様々な書物を知識として吸収し、共に学ぶ事で絆《きずな》が生まれていた。

それは、魔王たる二人から見ても理想の世界。

「これほど、か」

ガラスは、己が最高の王であるというプライドを持っていた。

現に、争いの絶《た》えなかった自らの世界で彼に逆らう者は誰一人としていなかった。

圧倒的な強者、王の器――

その自負がガラスの誇りであった。

自らの世界を統一した彼はそれでも物足りず、外界という伝承に残されているだけの未知の世界への進出を渇望していた。絶対の王である己が全ての世界を統一し君臨すべきである、と、ゆくゆくは他の魔王の世界をも、と、研ぎ澄まされた野心でここまで突き進んできていたガラス。

それがどうだ、この世界は。

自分の世界にないもので溢れている。

(至高の王たる己の世界に、これほどまでの活気があるだろうか？　高い技術力があるだろうか？　異種間のわだかまりは？　差別は？　豊かな自然があるだろうか？)

力は誇示するものだと考えていた。

君臨するのが王だと考えていた。

その認識を全てひっくり返されたかのような、なんとも心地のよい敗北感にガラスは「ふっ……」と嗤《わら》う。

「バートよ。我はもう、侮《あなど》らんぞ」

「…………」

これほどまでの文明を作れる主に対する暴言、そして侮蔑《ぶべつ》した態度――表面上の強さでしか物事を考えられない己のなんと浅ましいことか。

全てにおいて己は〝王の器〟として劣っていると、ガラスは痛いほど感じ取っていた。
バートランドは大勢の子供達に囲まれたエルフ族の女性を見送ったあと、ふぅと天を仰ぐ
――普段は軽口ばかりの彼の中でも、確実に何かが変わってきていた。

＊　＊　＊　＊

二人は修太郎のいる小高い丘へたどり着く。

メニュー画面を操作していた修太郎は二人に気づくと、驚いたような、嬉《うれ》しそうな笑みを浮かべて立ち上がった。

「あれ、二人してどうしたの？　散歩？」

その屈託のない笑顔に、二人は心が抉《えぐ》られるような気持ちだった。数々の無礼をも全く気にかけていないような大きな器を、改めて認識したような気がした。

「主よ――」

二人は片膝《かたひざ》をつき、こうべを垂《た》れる。

いきなりのことに、修太郎は啞然《あぜん》とする。

「第三位魔王ガラス、護衛のため馳《は》せ参《さん》じました」

「第六位魔王バートランド、右に同じく」

それを見た修太郎は「こうなるともう友達関係は望めないよね……」と、バンピーの対応含

め半ば諦めがついたというもので、二人の頭を上げさせた後、自分の作ったこの町に対しての感想を求めることにした。

するとガラスは――

「失礼ながら。これほどの技術力をお持ちとはつゆ知らず、道中は未知の光景に驚きの連続でありました」

「そんな大袈裟《おおげさ》なモノじゃないよ。適当に施設を配置しただけだし。それに、ここを作ってからまだ数時間もたってないからまだまだ発展も足りないはず！」

あっけらかんと答える修太郎。

ちなみにこの時の修太郎は、つい先ほど起きたばかり。それゆえに、町の変化に全く気がついておらず、なんでもないような物言いをしている――余談だが、その後修太郎は町の変化に気づき卒倒《そっとう》する事となった。

修太郎の言葉に、ガラスは再び驚愕《きょうがく》していた。

（まさか、そんな短時間でここまでの文明と戦力を揃《そろ》えたと？　いや、確かに数刻前までここは何もない空間だった。となれば、1日とたたずしてこの都市は我の軍勢――ひいては魔王軍全軍をも凌駕《りょうが》する可能性すらある……）

修太郎からしてみれば、ついついうたた寝してしまった間の数時間。

ガラスにしてみれば、バンピーからの報告を受けてここに来るまでの数時間。

お互いの認識する数時間は同じであったが、加速機能によってこの都市の文明はまさに〝数

〝十年単位〟で進んでいることを、この場にいる全員は知る由《よし》もない。

今度はバートランドが口を開く。

「主様は練兵《れんぺい》の知識もお持ちなのですか？」

「練兵？　あ、それはここの皆が勝手にやってくれる予定だから僕からは何も！」

〝何も〟の中に、厳密には〝施設だけ置いて放置したけど〟という言葉が含まれるのだが、修太郎からしてみたら何もしていないようなものである。

その回答に関しても、バートランドは心の中で驚嘆していた。

(何もせずとも、民が自発的にあれほどまでの武力を蓄《たくわ》えたのか？　武装した兵ひとりを見ても、少なくともレベル70はあるように見えるのに)

それも、認識的には数時間での成果である。

これが一日、一年、十年と進めばどうなるか――種族の王として玉座に胡座《あぐら》を掻いてられるのも今のうちだけだと、バートランドは自覚する。

ガララスは嗤った。

無知で傲慢《ごうまん》だった己を嗤った。

(我は己の世界だけでは収まらない偉大な存在だと過信していたが、これほどの世界・環境を造れるこの方こそ〝王たる王〟――外の世界に野心を持つなど早計で浅はかすぎたということか)

ガララスはバンピーの言葉の意味を深く理解した。

それはバートランドも同じことで、しかしガラスとは対照的に、彼は安堵感からの笑みを浮かべていた。

（やっと、巡り合えた）

バートランドはエルフの王だ。

希少さと美しさゆえに数を減らしていた少数種族の王たる彼は、万が一自分が死んだ時にも、外の世界に自分の種族が安心して暮らせる場所を探そうとしていた。

自分の種族の事だけを考えていた。

それ以外の事はどうでもよかった。

しかし、他種族とも争うことなく幸せに暮らすこの都市のエルフを見ているうちに、彼の中の考え方が大きく変わっていた。

共存の道も、あるのかと。

理想論ではなく現実に確かにあった楽園。

この人は――この人ならば。

（俺達の運命を委《ゆだ》ねても安心できる。俺は王である前にエルフ族の戦士――庇護《ひご》を求めるならば、力でもって主様に貢献しよう）

二人ともすっかり修太郎に心酔していた。

形だけでなく、心からの忠誠を誓ったのだ。

無自覚ではあるが、裏表がなく純粋で、それでも大きな力を持った修太郎を〝真《まこと》の主〟であると認める魔王は着実に増えていくのであった。

＊　＊　＊　＊

世界地図を模した机を囲うように、ずらりと並べられた7つの椅子——今回は全員の魔王がそこに座っている。

明日に迫ったダンジョン開放。

その最後の取り決めを行うためだ。

プニ夫《お》を抱きながら同じようにそこに座る修太郎は、難しい顔をしている執事服《エルロード》に話しかけた。

「エルロードは明日どこに行きたい？　僕はプニ夫と一緒に冒険者ギルドに行きたいんだ。あそこではクエストが——」

「失礼、我が王よ。外界に行くにあたって伝えておきたい事がいくつかございます。よろしいでしょうか？」

無邪気に語り出す修太郎に、エルロードは話を遮《さえぎ》る形で答える。

「我は陛下が行きたい所に同行しよう」

「俺も俺も。興味あるし」

「黙りなさい」

便乗して騒ぎ出すガラスとバートランドを黙らせた後、エルロードは真剣な表情で修太郎を見た。

「王よ、まず最初に確認させてください。疑うわけではございませんが、本当にここから外界に出る手段があるのですね？」

「うん。それは問題ないと思う！」

ダンジョンのマニュアルを読破している修太郎は自信たっぷりにそう答えた。事実、ダンジョンメニューには〝地上に出る〟のボタンがある。あるのだが、ロス・マオラにいる修太郎がその機能を正常に使えるかどうかはまた別の話である。

しかし、主の言葉をなるべく信用したいエルロードは深く聞かず「そうですか」と、満足そうに頷く。

「わかりました。ではその前提で話を進めさせていただきますが、まず我々を表立って連れて歩くのは〝危険〟であると推測します」

「えっ、それはどうして？」

「お忘れでしょうが、我々は本来主様の《プレイヤー》ような方々と争う立場にあった存在ですから」

そう言われ、修太郎はハッとなる。

他のプレイヤーから見たら、大勢の異形の者を連れた得体の知れないプレイヤーに見えるだろう。体面的には〝召喚士〟や〝従魔使い〟で通せるかもしれないが、深く聞かれれば修太郎には誤魔化せる自信がなかった。

実際、単に会話する程度ではプレイヤーネームしか情報は渡らないのだが、これが親しいフレンドになったり夫婦になったりすれば、レベルや職業や固有スキルといった情報が相手に渡ることとなる。

もし連れているのが〝召喚獣〟や〝従魔〟ではなくｂｏｓｓｍｏｂだと知られてしまえば、最悪の場合、修太郎こそが今回のデスゲームを首謀した存在だと言われかねない。

「ですから、当面は主様の横を違和感なく歩ける者だけ同行するのが無難だと推測いたします。余計な詮索を減らす目的です」

「なるほど、じゃあそうしよっか」

難しい話になりそうなので、修太郎はエルロードの意見をひとまず全部聞こうと大人しくなる。エルロードもそれを察してか、一度、他の魔王達を見渡してから続けた。

「特に容姿だけで見ても主様とかけ離れている第二位《バンピー》、第三位《ガラス》、第四位《シルヴィア》は連れて歩くべきではないと考えます。防衛のため城に残す魔王も必要ですし」

「そんな……！」

抗議の声を上げたのはバンピーだった。

しかし彼女は、自分の耳の上から後頭部に向かって伸びた王冠の形をした角を撫でると、諦めたようにストンと椅子に座った。

バンピーは髪から瞳《ひとみ》から肌から全部が白であることと、本人も自覚している角の部分。

ガラスは巨人族であるため言わずもがな。

シルヴィアは聖獣族であるため、銀色の尻尾《しっぽ》と耳を隠すのは難しく、エルロードは万全を期すためにここまでを同伴不可と決めた。

逆に完全な人型であるエルロードとセオドール、そして耳が少し尖《とが》っている程度のバートランドは、同伴可能と判断したのだった。

エルロードはガララスに視線を送る。

ガララスは「我は構わん」と答えた。

シルヴィアは無言を貫いている。

「うーんちょっとそれは残念だなぁ」

「代案があれば、もちろんその限りではありませんが（あれほど外界に執着していた男が……どういう風の吹き回しでしょうか）」

悩むようにプニ夫に顔をうずめる修太郎。

エルロードは急に心変わりしたガララスに疑問を抱きつつ、主の言葉を待っていた。

（バンピー達を連れて行けないってことは、プニ夫も連れて歩けないって事だもんね）

人型のバンピー達よりも、ビジュアルが完全なモンスターであるプニ夫は余計に連れて行くわけにはいかない。修太郎に召喚士や従魔使いのフレンドでもいればアドバイスを求められただろうが、生憎《あいにく》彼にそのような友人も居なかった。

「あっ」

プニ夫が突然、修太郎の腕を食べた。

そしてたちまち修太郎を覆い尽くし、人型の黒いスライムとなった。

魔王達全員が立ち上がり、警戒心を極限まで高めた所で――その変化に気づく。

「え？　あれ、これどうなってるの？」

「なるほど面白い……〝形状変化〟か！」

ガラスは興奮気味にそう言った。

修太郎の体は、エルロードの姿になったり、バンピーの姿になったりを繰り返した後、再び黒のスライム体に戻ってゆく。

修太郎の体には影響がないらしく、それを見たエルロードは驚いたように席に座る。

「なるほど、形状変化でカモフラージュすれば、少なくとも王の生身のお姿を変えることで外界の者達から隠すことはできますね。世間体《せけんてい》を気にしないのであれば、我々も全員で護衛に付けますし」

たとえばプニ夫が全身を覆う防具にでも化ければ、修太郎の顔を晒さずにアリストラスを歩ける。他のプレイヤーに溶け込む目的ではないから、魔王達も連れ回せる――とびきり怪しいという本末転倒な問題は残るが。

「置いていかれると思ってこれやったの？」

修太郎はプニ夫にそう語りかける。

プニ夫はぷるると揺れて肯定する。

修太郎は少し考えたあと、プニ夫と目線（目がありそうな場所まで持ち上げて）を合わせる。

「じゃあ強そうな黒い全身鎧《ぜんしんよろい》になってよ！　できるだけかっこいいやつ！」

修太郎は目を輝かせながら言う。

少し前まで小学生だった男の子だ、剣だの鎧だの竜だのは大好き大好物である。

プニ夫は修太郎の言葉に応じてみせた。

不定形な液体が硬質化していき、そこに漆黒の騎士が現れた。

スマートな竜をモチーフにしたような形の黒い金属質の鎧に加え、兜《かぶと》には羽根を模した角のような装飾が施されており、夜の闇を切り取ったような黒い外套《がいとう》がはためいた。

まるで神話に登場する神か戦乙女《ヴァルキリー》の鎧の対極に位置するデザイン。

正に――魔王の如き、禍々《まがまが》しさ。

「よし、外に出るときはこの姿でいよう」

あまりの出来栄えに、修太郎もご満悦の様子。

さらにこの鎧は見掛け倒しではない。

纏っているのはプニ夫――つまりレベル１０８のスライム系最強種アビス・スライムで、暴力的なステータス・スキルを誇るプニ夫を突破しない限り、たとえそこが戦場の真ん中でも修太郎は無傷で歩く事ができるのだった。

「主よ、少しいいか？」

発言したのはセオドールだった。

彼が自発的に何かを話すのは珍しいことで、修太郎を含めた全員の視線が集まった。

＊　＊　＊　＊

竜の国――メルトリア
そこはどこか日本の江戸時代の風景のような、古き良き木造の建物が並ぶ世界。そこに住むのはｍｏｂ――ではなく人であり、風車を持った子供達が駆け回り、縁側《えんがわ》で団子を食べる着物姿の人々など、とても争いなどには縁がなさそうな平和な風景が広がっていた。

「綺麗《きれい》な世界だね」

「腑《ふ》抜《ぬ》けていると思うか？」

「全然！　むしろ素敵だと思うよ」

平和な情景の中を歩きながら、黒髪の男――セオドールについて歩く修太郎。人々はセオドールの顔を見るなり頭を下げるが、そこに謙《へりくだ》った様子はない。近所のお偉いさんが通った、程度の印象を受ける。

「なんかこう、思っていた世界とは違ったよ。大勢の武装した軍勢がこう、ひしめいてるようなさ」

修太郎の言葉に、セオドールは薄らと笑みを浮かべつつ答える。

「本来はそういった世界が望ましいんだろうがな。俺の目指す世界は〝俺一人が戦えば事足りる平和な世界〟だ。だから皆には武器を持たせず、気楽にすごしてもらっている」

(なんか、カッコいい……!)

セオドールの志に感動する修太郎。

そしてしばらく歩いたのち目的の場所に着いたのか、セオドールはのれんを肩で持ち上げるようにして、修太郎に入るよう促《うなが》している。

「うっわあああ!! 武器だ! 武器屋だ!」

中に入った修太郎が見たのは、見渡す限りの武器、武器、そして防具。正確には武器屋というよりも装備を展示してある施設といった所だが、いずれにしても装備品で溢れていることに変わりはない。

テンションの上がる修太郎に、セオドールが声をかける。

「主よ、これから外界に行くにあたって、俺は装備品を用意しようと考えている。ここにある物をベースに作るが、何か理想はあるか?」

修太郎は「いいの!?」と今日一番の喜びを見せると、店内をいそいそと歩いて装備品を吟味《ぎんみ》してゆく——そしてある一箇所で足を止めた。

そこにあったのは剣だった。

向こう側が透けて見えるほど薄い刃《やいば》と、ツバのない剣。

修太郎の視線はその剣に魅了されるが如く吸い込まれていた。そして指をさす。

「あれ、あれがいい!」

「承知した」

セオドールはその剣を棚から自分の仮想空間《ストレージ》にしまうと、続いて防具などを選ばせる。やはり男の子だからか、修太郎にとっては夢のような時間で、あっという間に全ての装備の選択は終わった。

セオドールは店の中心にある金床《かなとこ》の前へと行くと、手慣れた手つきで準備を始める——鉄が溶けたのか赤々とした液体が窯《かま》の中で動き、流れ出てきた液体は用意された型に収まり、セオドールはそれに槌《つち》を打ち付ける。

カン——！　カン——！　カン——！

平和なメルトリアに金床の音が響く。

セオドールは一流の戦士であるとともに、一流の鍛冶屋《かじや》でもある。それは、剣の道を極《きわ》めたが故に〝自分の剣は自分で打たねば真の剣士とは言えない〟という、行きすぎた拘《こだわ》りがあったからで、そのため彼の生み出す武器や防具はどれも一級品だった。

蒸発音と共に水壺《みずつぼ》から出されたそれは、展示されていた物より一回り小ぶりな剣だった。

無駄な装飾の一切ない、無骨な片手剣。それを見つめながらセオドールが口を開く。

「主よ。貴方《あなた》は強大な力を持っているが、レベルは1。そして装備品もない。身を守る手段があるのは良いことだが、万全な状態にして損はないだろう」

そう言って、一瞬だけ微笑《ほほえ》むセオドール。

「これなら装備できると思う」

「ありがとう!!」

さっそく自身の装備欄《そうびらん》に設定すると、目の前から一度消えた剣は、光と共に修太郎の腰に現れた。それを抜き放ち、日の光に透かすようにして持つ修太郎。

軽い――最初の感想がそれだった。

「これ、レベル1でも装備できるんだ！」

「その分かなり性能は低い」

そのまま構えをとる修太郎。

実の所、剣士で始めたのに、この城に来てからは剣を振るう機会のなかった修太郎は、剣のプレゼントに心から感激していたのだ。

〝牙の剣〟

レベル1でも装備できるため、セオドールが言うように確かに性能は低くなるのだが、使われた素材、施された魔法・スキル、そして熟練の業《わざ》が集結したソレは鍛冶系統の生産職《クラフター》から見れば〝壊れ性能〟を通り越した〝チート性能〟である。

セオドールは次の装備を作るべく同じようにして槌を振るった。

Chapter 06: 第6話

金属の擦れる音と、石畳《いしだたみ》を踏み締める音。

遠くから聞こえる大勢の足音で目を開けたミサキは、宿屋の窓を押し上げて外を見た。

朝日が差し込む。

長い長い夜が明けていた。

鈍色《にびいろ》の鎧《よろい》を着たプレイヤー達が進む。

統一感のない装備をつけた者も、くたびれたローブを着た者も、獣を連れた者も、NPC達も——皆が城門を目指して行進する。

(始まるんだ、戦いが)

罪の意識から一睡もできなかったミサキは、その行列を見て再び涙がこみ上げた。

彼らだってレベルが高いだけ、戦いを知ってるだけで、少し前までは自分と同じ学生だったり、会社員だった人なのだから。歴戦の戦士じゃなく、戦いとは無縁の世界で育った普通の人間なのだから。

(ごめんなさい……)

そこにいられない自分を許してください。

ごつんと窓硝子《まどガラス》に頭をぶつけながら、ミサキは英雄達の行進を見送った。

＊　＊　＊　＊

列の最前線に、ワタル達はいた。

昨日の晩に残ってくれた同志達60名に加え、アリストラスに住む無所属の有志プレイヤーが数名、メールに応じた攻略勢のプレイヤーが数名、残りは傭兵《ようへい》NPCや冒険者ギルドのNPC達だ。

最高レベルはワタルの39。

続いてアルバの37。

攻略勢の平均が36。

キッドは35。

フラメが33。

紋章《もんしょう》ギルドの平均が27。

有志が15。NPCも15程度だ。

対するゴブリン達は最も弱いものから5~7、その上の派生種が11~15、その上がキング・ゴブリンの35~40である。

坑道へと向かう道中、侵攻攻略《しんこうこうりゃく》メンバーの一人が何かに気づいて口を開く。

「あれ、キッドさんどこのパーティすか？」

「忘れた。適当に組んだからな」

「いいんすか？　そんな緩くて」

攻略メンバーとキッドの会話を聞きながら、ワタルは拭《ぬぐ》えない不安感に下唇《したくちびる》を噛《か》んだ。

（やはり厄介なのはキングか。奴《やつ》の固有スキルでゴブリン達はレベルが実質＋3分のステータスが上がると考えていい）

総合的な戦闘力という点ではワタル達の方が優位といえるだろう。しかし問題のキングは〝ｂｏｓｓ特性〟を持ち、ｂｏｓｓのレベル未満の攻撃は全て半減される。それに加え、固有スキルの効果はキング自身にも及ぶため、仮に40の個体ならば実質43のステータスに相当するのである。

わずかなレベルの差が圧倒的実力差に繋《つな》がるｅｔｅｒｎｉｔｙ《エタニティ》において、レベルが4も開けば（ワタルと対比しても）かなり厳しい戦いが予想されていた――

「攻略勢含めて、レベル35以上がなんとか六人。ｂｏｓｓ特性の影響で決定打は期待できないまでも、時間稼ぎは可能です」

「私達の殲滅力《せんめつりょく》にかかってるわね」

今日の作戦はこうだ。

イリアナ坑道内、ゴブリンの集落に続く道は全部で三本存在し、その中の一本、最も広い道からアルバが《突撃》を使って蹴散《けち》らしつつ、キング・ゴブリンの敵視《ヘイト》を得て敵を引きつける。

そこへワタル達が一斉《いっせい》に範囲攻撃を浴びせ雑魚《ざこ》もろとも大きく減らし、その後ワタルがキング・ゴブリンの敵視を奪い、LP《生命力》を見ながらアルバと交互に盾役《タンク》を行い、持久戦開始。

残りの部隊は別の道から集落に合流し雑魚達の退路も塞《ふさ》ぎながら殲滅。雑魚を倒し終われば残るはキング・ゴブリンのみである――

坑道前に着くと、人々の緊張がピークに達する。

最前列のワタルが剣を抜き、掲げる。

「これはほんの最初の戦いにすぎない。ここから我々は、数々の困難を乗り越えて行かねばならない！　ここはほんの通過点に過ぎない！　生きてこの世界から脱出するその日まで、我々は一度たりとも負けはしない！」

それは戦乱の世の将軍かの如《ごと》き、檄《げき》。

一見大袈裟《おおげさ》にも思えるその檄は、集まった戦士達への最後の一押しとなる。

ざわめく声がピタリと止《や》み、皆がワタルの言葉を聞いていた。ワタルの声は、言葉は、不思議と人の不安な気持ちを和《やわ》らげる。それは彼の〝自信〟が伝播《でんぱ》したために起こる、ある種麻痺《まひ》に近いハイの状態であった。

皆が武器を持ち、強化《バフ》を焚《た》き、その時を待つ。

「行こう――僕が付いてる」

もはや士気は最高潮に達した。

ワタルは正に、自分の器を示した。

坑道に駆けてゆくワタルに、対キング・ゴブリン部隊が続く。アルバを乗せた黒馬が飛び出す。フラメが率いる別動隊が続く。

大規模侵攻討伐戦が――始まった。

＊　＊　＊　＊

黒馬に跨《また》がるアルバが広間に飛び出す。

道中のゴブリンは、全て彼の職業スキル《突進》によって蹴散らされ、討ち漏らしも後方から来るワタル達が確実に仕留めていた。

ゴブリン集落に激震が走る。

人間達が攻めてきたからだ。

奇襲は成功したのだ。

「おおおオォォォォッ！！！」

速度はそのままに、ありったけの強化魔法を携《たずさ》えたアルバは、武器も持たず騒いでいるだけのゴブリン・ソルジャー三体を轢《ひ》き殺《ころ》し、振るう大剣でゴブリンをなぎ払う。

中央に鎮座するキング・ゴブリンはニタリと下品な笑みを浮かべると、持っていた巨大なナタにも似た剣を地面に打ち付けた。

同族強化の檄――キングの固有スキルだ。

紫色のオーラに包まれるゴブリン達の目付きが変わり、目の色までも真っ赤に染まる。

「『こっちだ!』」

すかさずアルバがキングに対して《挑発》を行い、自分への敵視をさらに上げながら、多くの敵を引っ張る形で目標地点へと駆け抜けた。

ゴブリン・メイジの魔法が飛び交う。

アルバはそれを大剣を振り回しながら弾く。

「総攻撃開始――!」

ワタル達が合流すると、魔法効果の範囲を意味する夥《おびただ》しい数の魔法陣が地面を埋め尽くし、炎に光に氷に風の刃《やいば》が集落を襲った。

アルバを狙ってワタル達に背を向けた状態にあった大半のゴブリン達はこれに被弾し、その多くが体をポリゴンの粒子に変えた。

当然、それを防ぎ切ったキングが振り返る。

溜めを終えたワタルの広範囲魔法が、ワンテンポ遅れて発動した。

「《聖なる光》」

三つの魔法陣が三角形を形成し、三つの光の束がうねるように交わりながら、キング・ゴブリンの周囲を貫いた。

ワタルの職業は、兵士と聖職者、二種類の職業でレベル30を達成した先に転職が可能となる〝聖騎士〟。豊富な種類の光と聖属性の魔法を覚え、回復魔法も得意な上、高い攻撃力と安定した防御力を誇る万能職と言われている。

本来レベル40から覚えはじめる第四階位魔法の中で、この《聖なる光》は〝聖騎士への転職〟で得られる特典の一つ。レベル39のワタルが使える魔法では、最大級の魔法である。

《boss mob：キング・ゴブリン　Lv.40》

ここで初めて、キング・ゴブリンの名前とレベル、そしてLPバーが現れ《残り98％》であることが掲示された——この集中砲火で減ったのは僅《わず》か2％。

なによりの衝撃は、キングがレベル40の個体ということ。

討伐隊の表情が絶望の色に染まる。

（ここにきて過去最強個体か——mother AIが初期地点から動かないプレイヤー達のふるい落《選別》としのために用意したとしか考えられない）

苦虫を噛み潰《つぶ》したような顔になるフラメ。レベル40となれば、boss特性によりワタルの攻撃すら半減されるからだ。

そして単純に相手のステータスが高い。

しかし切り替え《スイッチ》は成功した。

キングの標的がワタルに変わる。

「《聖域》」

ワタルは立て続けに魔法を発動。

光を放つ円形の盾《バックラー》を掲げると、キングを中心に円柱状の光が降り注ぐ。

聖域の中ではプレイヤーが微量ずつ回復し、ｍｏｂ《モブ》には微量ずつダメージが入る。

集団戦闘では基本の展開魔法。

特に対アンデッドでの効力は凄《すさ》まじいのだが、今回の敵にその威力は期待できない。

アルバとのすれ違い様、ワタルは「勝ちましょう」と告げ、盾を構えてキングと対峙《たいじ》した。

アルバはすぐさま回復ポーションをぐびりと飲み干し精鋭集団と合流。さらに戦場をぐるりと見渡し、状況を確認する。

他の二箇所の道でも予定通り戦闘が始まった。これで三箇所全ての出入り口は塞いだ形となり、広間のゴブリン達は袋のネズミとなったはず——しかし、粗末《そまつ》な建物の中から次々と現れるゴブリンの量が多く、精鋭部隊に合流するには時間が掛かりそうに見えた。

戦場はフラメの思い描いた通りになった。

ここまでは至極順調。

後はアルバとワタルの盾役がしっかり守り、合流を待つのみであった。

＊　＊　＊　＊

ワタル達が坑道に入ってから一時間がたとうとしていた。

宿屋の食堂に、ちらほらとプレイヤーの姿が確認できるようになる。積極的に話題には出さないが、皆が朝の英雄達の行進を部屋の中で見送ってから降りてきたのだと容易に想像がついた。

戦闘経験のない引《ひ》き籠《こも》り達は「紋章が負けたらどうなるの？」とか「今日は食堂が狭いな」などと好き勝手な会話をしている。

そんな中、食い入るようにマップを見つめている一人の少女がいた。

（坑道内の赤い点がかなり減ってきてる――押してるんだ、ワタルさん達！）

見守る事しかできないミサキ。

侵攻があるとされる広い空間の中に、赤い点はもう数えるほどしか残っておらず〝プレイヤーを表す青の点〟は、突入時とほとんど変わってないように見えた。

しかし、一際大きな赤黒い点は健在。

つまりキング・ゴブリンはまだ生きている。

ミサキは祈るような気持ちでそれを見守りながら、フラメに頼まれた〝新しい侵攻発生の警戒〟も行うため、索敵範囲《さくてきはんい》を広げた――その時だった。

（青の点が二つ？　別働隊の人達かな？）

開けた空間からやや離れた場所に、動かない二つの青色の点がある。しかし聞いていた作戦の中に、キングを足止めする部隊と雑魚ｍｏｂを減らす遊撃部隊があったのを思い出し、一旦は自己完結するミサキだったが――

「いや、違う……！」

ガタン！　と、席を立つミサキ。

隣でパンを齧《かじ》る男がジロリと睨《にら》んだ。

その二つの青色がいる場所に、ｍｏｂなんてほとんど湧《わ》いていない。他の皆がキング・ゴブリンとの死闘を繰り広げてる最中、こんな場所で待機する意味はあるのだろうか？

一度気になってしまえばもう止まらない。

ミサキの頭の中が、嫌な方向へ嫌な方向へと勝手に変換されてゆく。それは参加できない罪の意識からだったのかもしれない。

（侵攻討伐に無関係のプレイヤー？　だとしたら知らずに集落へ踏み入る可能性があるし、ワタルさん達はその二人を守りながら強敵を相手にすることになる）

あるいは、知らずに鉢合わせて現場から逃げて動けなくなった後か――どちらにしても、この二人が坑道内で〝浮いてる〟ことに変わりない。

レベルまでは分からないミサキは、坑道の適正レベルが５～８という前情報に加え、作戦に参加したプレイヤーは最低でもレベル１５を超えた手練《てだ》れであることを思い出し、さらに不安が募ってゆくのを感じた。

昨日アルバからイリアナ坑道内のマップを貰《もら》っているミサキは、二人に合流でき、なおかつ集落に接しない道を必死に探す――

（いける。ここなら入り口からそんなに時間もかからない。問題はどうやって行くか……だよね）

ミサキのレベルは6だ。

もう少しで7になるが、その経験値は全てクエストで得られたものだから戦闘で役立つノウハウは持っていない。

役立つとするなら、生命感知による索敵で無用なエンカウントをやりすごせることか——とはいえミサキも無謀《むぼう》なわけではない。自分以外に、最低でも適正レベルを満たしている用心棒が必要だと考えていた。

でも……と、ミサキは唇をギュッと結ぶ。

(また、私は他人に頼るのか。安全な場所にいる他人を、今もっとも危険な場所に引っ張りだすだなんて……)

皆、怖くてここにいるのだ。

そこにレベルや戦闘経験は関係ない。

それはミサキとて同じことで、ここにいる人達の気持ちも痛いほど分かっていた。分かってはいたが——

二つの命が失われる可能性。

ワタル達が不利になる可能性。

他人にどう思われても構わない。

ミサキは自分が正しいと信じた道を優先した。

「皆さん、聞いてください!」

＊　＊　＊　＊

坑道の戦いは、激しさを増していた。

定期的に湧くゴブリンを、有志のプレイヤーとＮＰＣの混合部隊が潰してまわる中、残りの５０名ほどは全員でキング・ゴブリンと一進一退の攻防を繰り広げている。

「《威嚇《いかく》》くるぞ！」

アルバの指示に、盾役と回復役《ヒーラー》が素早く反応した。

ナタを地面に叩《たた》きつけたキングは、丸太のような足を踏みしめ、しわがれた声で威嚇する
――それは多くのｂｏｓｓ ｍｏｂが持つ《威嚇》というスキルで、まともに喰《く》らえば衝撃による吹き飛ばしと、一定時間の〝硬直《スタン》〟が襲いかかる。

硬直時間が５秒もあれば、レベル３５以下の盾役以外のプレイヤーは一撃のもと殺されてしまうだろう。

しかし、キングを抑えているのは紋章のトップ二人。キングからの敵視管理やここぞという時の防御スキル・魔法などはもちろん、的確な指示で攻撃部隊を生かし続けている。

皆の前に立った数名の盾役達が〝威嚇〟を防ぎ、一瞬の硬直に襲われる。既に準備を終えていた回復役達によって回復魔法から状態異常《バッド・ステータス》回復、防御強化魔法などが乱れ飛ぶ。

お返しとばかりに攻撃役《アタッカー》達はスキルや魔法を乱発し、頃合いを見てアルバは《挑発》で敵視

を安定、キングの攻撃に備える――これの繰り返しだ。

およそ一時間半にも及ぶ攻防。

キングのLPは73%まで減っていた。

(幸いにも死者はNPCに数名しか出ていないが、それでもこちらの消耗が激しい。殲滅部隊が長引いたのもここで響いてるか……)

ナタによる猛攻を耐《た》え忍《しの》びながら、アルバは心の中で舌打ちをする。

キングによって強化されたゴブリン達は手強《てごわ》さもさることながら数が多く、フラメ達殲滅部隊はかなりの時間を取られていた。その際にNPCの数名が犠牲となっている。

NPCの行動ルーチンは驚くほど単純であるため、β時代から彼らを戦力としてアテにすべきではないと結論が出ているが、火力が不足する今、NPCの力も借りなければいけないくらいに切迫した状況が続いている。

(まともなダメージソースがワタルとキッド、それと攻略勢の一人……もしこの中の誰《だれ》かが欠ける事になれば、夜までに倒しきれない可能性がある)

一瞬でも気が抜けないこの状況が後十時間近く続くとあれば、確実にミスが増える。

ミスが増えれば死者が出る。

それだけはどうしても避けたかった。

と、その時だ――

アルバの胸から、剣が生えた。

「ぐ……ふッ!?」

戦場が一瞬、止まる。

アルバが驚愕《きょうがく》の表情を浮かべ膝《ひざ》をつく。

ひしゃげた鎧から飛び出す鮮血。

フラメの悲鳴が響く。

キングは既に攻撃モーションに入っており、倒れゆくアルバにその巨大なナタが振り下ろされる。

「アルバさん！！！！！！」

アルバの足元に現れた魔法陣からドーム状の光の結界《バリアー》が展開される。脊髄反射的《せきずいはんしゃてき》に発動されたワタルの第三階位魔法がいくばくかの時間、ナタと拮抗《きっこう》する——しかしそれはすぐに砕け散り、ナタはアルバの体に吸い込まれる。

ドン!!

爆発音と共に辺りに飛び散る石の破片。

吹き飛ばされたアルバだが、彼は生きていた。

彼の黒馬が光の粒子に包まれる。

すんでの所で、アルバは黒馬に自分を轢かせたのだ。

「『こっちだ！』」

ワタルは即座に敵視を奪い、アルバからキングを離す形で陣取った。

地面に伏したアルバに幾重《いくえ》にも回復魔法と強化魔法が付与《ふよ》されると、彼は意識を取り戻し、ふらつきながらも大剣を杖《つえ》に立ち上がる。

アルバの黒馬はスキルであるため、ある程度の時間で蘇《よみがえ》るものの、アルバは一連の衝撃によって軽い脳震盪《のうしんとう》を起こしていた。

相手はレベル40の格上ボス。

一度でも防御が失敗すればLP全損もあり得る中で、ワタルとアルバは研ぎ澄まされた精神力でなんとか繋いでいたが、状況判断能力が何より重要な盾役にとって致命的な負傷——続投は無理であると、誰の目から見ても一目瞭然だった。

ワタルは必死に頭を動かし、道の奥へと消える不気味な男の姿を捉《とら》えた。

それはかつてキッドを襲い、その友人の命を奪った灰色のボロ切れを着た男——PKだった。

(この状況下で現れるか、PK黒犬《くろいぬ》ッ!)

ワタルは怨《うら》みのこもった視線を向けた。

一人のプレイヤーの怒号が響く。

因縁《いんねん》の相手を見つけ激昂《げきこう》したキッドだ。

「黒犬!!!!」

「よ……せ、行くなキッド……!」

アルバの制止も虚《むな》しく、黒犬を追うように小道の奥へと消えるキッド。

一度乱れた戦場を立て直すのは難しい。

ワタルとアルバによる盾役切り替え《タンクスイッチ》は、二人の安定度や判断力が群を抜いているのもあるが、一番は〝魔法やスキルの再使用時間《リキャストタイム》〟を効率よく回すことに大きな意味を持っていた。

双方とも、優秀な盾役である前に、高火力の攻撃役でもある。だから片方が盾役をしている間、片方は再使用可能な魔法とスキルを全て吐き出し、多くのダメージを稼いでいたのだ。

その二人の連携が崩された。

そして、かなりのダメージソースだったキッドも離脱。

戦況は一気に不利な方へと傾いていた。

＊　＊　＊　＊

閑散とした都市内を、ミサキは走っていた。

侵攻発生による影響がＮＰＣにも反映されたのか、普段は賑《にぎ》やかな商店街や大通りには人っ子ひとり存在しない。

この世にいる人間は自分一人になったんじゃないか――ミサキがそんな錯覚すら覚えたのは、宿屋で受けた罵詈雑言《ばりぞうごん》のせいかもしれない。

（悔いはない。言わずに後悔するよりよっぽどいい）

乱暴に涙を拭きながら、ミサキは城門を目指す。

彼女は一人で坑道内に向かうつもりだった。

「自殺なら一人でしろ！」

「避難してない人がいるって、そんなの自己責任じゃない！　こんな時にそんな場所にいるのがそもそも間違いよ！」

「侵攻を倒した後に紋章の奴《やつ》らに頼めばいいだろ。女だからって甘えやがって」

同行してくれる人は皆無だった。

それどころか、この状況で坑道に行きたがるミサキを非難する者が多く、その場に留まるのが辛《つら》くなった彼女は飛び出したのだ。

（わかってる、それが当たり前なんだ。なんの訓練もしてない奴が火事の現場に飛び込むようなものなんだから。その現場に他人を引っ張り込もうとしたようなものなんだから。わかってる）

冒険者ギルドもダメだった。

他の宿屋も、同じような反応をされた。

「すまん、行きたいのは山々なんだがゲームの中《こ》では性別も年齢もステータスの上では無力だろう。自分の命が惜《お》しいよ。君も――不憫《ふびん》なスキルを貰っちゃったね」

ある宿屋にいた男性に言われた言葉。

ミサキは唇を強く噛みしめた。

（そうだよ。気づいちゃったから、見ちゃったらもう無視できるわけないよ。私だって、何も知らないままだったらこんな気持ちになんて……）

城門をくぐったミサキは、この世界に来て初めてアリストラス周辺に位置する平原を見た。

青々とした草が、風に揺れる。

この風も、音も、匂いも紛《まぎ》れもなく作り物なのに、ミサキの命は今ここにあるからだろうか、そのどれもが本物のように思えてしまう。

坑道内に残された人だって、今はここに〝生きてる〟。

ミサキは自分の命をなげうって助けに行くことに、もう後悔はなかった――

生命感知に反応があった。

見ればそこにゲーム内最弱ｍｏｂであるデミ・ラットが姿を現していた。

(これを倒せないようじゃ、坑道内で万が一襲われた時にも、何もできずに死ぬだけだ)

ミサキは背中に携えた初心者の弓を、震える手で摑《つか》み、矢筒から矢を一本取り出した。

矢尻が弦《つる》に嵌《はま》らない。

震える手を押さえ、深呼吸する。

つがえるのに四回もかかった。

弦を引くと、耳元でキキキキという張り詰めた音が鳴り、両手と肩、胸、肩甲骨に負荷が掛かる――狙う先のデミ・ラットに現れた赤のサークルは、ほどなくして緑に変わる。

大丈夫、倒せる、大丈夫。

心を落ち着かせ、ミサキは射貫《いぬ》いた。

パン！　という破裂音にも似た小気味良い音が、誰もいない平原に鳴り響く。

デミ・ラットのLPが半分ほど削れた。

デミ・ラットの瞳《ひとみ》の色が赤へと変わり、己を攻撃したミサキに向かって、地を滑《すべ》るように近寄ってくる。

怖い——本能がそう告げる。

およそ1メートル程の巨大な鼠《ねずみ》が迫ってくる様は、日常生活ではまず味わえない迫力がある。命を脅《おびや》かされる確かな恐怖がある。

「このッ！　このッ！」

ドッ！　地面に刺さる矢。

狙いを定めなければあたらないのがeternityの弓だ。素早く動く的《マト》にあてるには相応の技術を要する。

冷静に引き絞れば赤のサークルが緑に変わり命中の補助をしてくれるが、それら補助の性能も武器の性能やステータスに依存するため、動揺も相まってなかなか命中しない。

デミ・ラットがその鋭い前歯を剥《む》き出《だ》しに飛び掛かってくる——その刹那《せつな》、目を瞑《つむ》ったミサキの最後の矢が偶然にも眉間《みけん》に命中する。

デミ・ラットの前歯がミサキの肩に食い込む直前、まるで砂が崩れるように粒子を散らして消えてゆく。

「ふっ、ふっ、はっ……！」

尻餅《しりもち》をつきながら虚空《こくう》を見つめるミサキ。

見開かれた目と荒い呼吸は、その戦いが彼女の中でいかに壮絶だったかを物語っている。

軽快な効果音と共に戦利品が視覚化されたログが表示される。その中にはミサキが高額で買う羽目になった〝デミ・ラットの尻尾《しっぽ》〟の文字が並んでおり、ミサキは大きなため息を吐いた。

（レベル差もあるのにこんなに厳しいの？　鼠の尻尾一つ取るのに本当に命がけだ）

戦闘の厳しさを学んだミサキ。

それでも瞳の闘志は燃えつきることなく、目的の場所――イリアナ坑道入り口を捉えていた。

準備を終えた修太郎《しゅうたろう》は、同行する白い少女《バンピー》と黒髪の騎士《セオドール》と共に城のテラスへと来ていた。その体には真新しい防具と剣が装備されている。

ここは修太郎がロス・マオラ城に来た日に目を覚ました場所——そこで魔王達と会い、今の修太郎がある。

時間にしたらわずか数日の出来事。

ここに来なかったら、
彼らに会わなかったら、
きっと自分は最初の都市で怯《おび》えて隠れていただろう。深淵《しんえん》が続く真っ暗な世界を眺《なが》めながら、修太郎はそんな事を考えていた。

「じゃあ二人共、決め事のおさらいね。外に出たら何してもいいけど〝そこに住む人達に危害を加えないこと〟あとは困ったり迷ったりすることがあったら僕に〝念話《ねんわ》〟を飛ばしてね……これを守ってほしい」

修太郎は振り返ると、バンピーとセオドールは膝《ひざ》を突いてそれに同意した。

修太郎は「いつか対等に話せる日がこないかな」などと考えながら、ダンジョンメニュー画面から〝地上に出る〟を選択する。

暗転、からの明転。

気がつくとロス・マオラ――ではなく、修太郎が〝ダンジョン生成〟を使った場所に、三人は立っていた。

「やっぱりここに繋《つな》がってるんだ」

「これが外界……」

近くにそびえる、大都市アリストラスの巨大な門を見上げながら、ゲーム開始直後に見た景色を懐かしむ修太郎。

疑っていたわけではないが、二人の魔王は初めて見た景色と、本当に地上へ出られた感動とで、それ以上の言葉が出ない様子だった。

修太郎はまず初めにダンジョン生成スキルを開き〝ダンジョンに戻る〟の表示があるのを確認し、ホッと一息ついた……ひとまずこれで、いつでも行き来できる事が確証されたからである。

「帰りも問題ないみたい。他の皆もいつでも連れてこられるよ」

その言葉を聞いた二人は再び膝を地に突き、こうべを垂《た》れた。

驚く修太郎を他所《よそ》に、バンピーが口を開く。

「我々の悲願が果たされました。あの城に囚《とら》われ、開かずの門を眺める毎日。貴方様《あなたさま》は我々の主《あるじ》であると同時に、恩人です。感謝の言葉も見つかりません」

その言葉には、数百年分の重みがあった。

このｅｔｅｒｎｉｔｙ《エタニティ》には、世界の加速機能が備《そな》わっている。それは修太郎がダンジョンコアのある空間で無意識的に使った機能と同じもので、主に世界を〝急速成長〟させる目的がある。

以前このｅｔｅｒｎｉｔｙの試作段階にて、現代文明と全く同じ世界観を模して作り、そこにＮＰＣを置いて観察した事があった。ＮＰＣはそこで生活はできるが〝自分達で文明を築いた過去〟が存在しないため、向上心も育たず発展もせず失敗した経緯がある。

言うなれば、哺乳類が進化し、人間が誕生し世界中で生活を始めるまでのしっかりとした歴史を、仮想世界でも同じように辿《たど》る機能。ｅｔｅｒｎｉｔｙはビッグバンから始まり、同じように進化していく過程で、ゲーム的な概念を入れた世界である。

ｅｔｅｒｎｉｔｙがゲーム世界として〝完成〟する少し前に生まれた魔王達はｍｏｔｈｅｒＡＩに囚われ、完成した後もロス・マオラ城から出られなかったのだ。

「僕も皆のお陰《かげ》で今があるし、お互い様だよ」

今は甲冑《かっちゅう》で顔は見えないが、きっとその奥にはいつもと変わらない屈託のない笑みを浮かべる主様の顔がある——そう理解しているバンピーとセオドールは、感動を通り越し崇拝の域に達していた。

外界に出られた感動もさめやらぬまま、修太郎達はさっそくアリストラスへと向かう。

ここから北門へは歩いてすぐの距離。

修太郎はその風景を懐かしむと同時に、ある違和感を覚えていた。

(誰《だれ》もいないな)

ゲーム開始当初、ここは初心者プレイヤーでごった返していた。

しかし、今はデスゲームとなったこの世界。

皆、安全をとって城壁の内側に籠《こも》っている可能性もあるかと、修太郎は特に気にせず北門へと再び歩き出した。

北門に着いた修太郎達は、その内側を兵士達が補強している所に遭遇する。

外の人気《ひとけ》のなさといい、閑散とした街中の雰囲気といい、修太郎はこの都市に〝何かあったのでは〟と思い酷《ひど》く動揺した。初期地点を動かない人が殆《ほとん》どだと予想していたからだ。

「何かありましたか?」

怪しさ満点の修太郎が声をかける。

兵士NPCは修太郎達三人を眺めた後、何も気にしていない様子でそれに答えた。

「侵攻《しんこう》が来るんだ。腕に自信がないなら、悪い事は言わない、宿屋にでも籠って討伐隊の勝利を祈るんだな! もし討伐隊に加わりたいのなら、冒険者ギルドに行くといい!」

ごく普通なイベントの導入的な応対である。

実のところNPCがプレイヤーなどに対して反応を変えるのは、見た目の特徴ではなく〝カルマ値〟やイベント達成者などの実績がほとんどである。

カルマ値とは、その者の善悪の行動を数値化したもので、主に変動するのはPK行為や窃盗行為などの犯罪的行動を取ると－《マイナス》に、冒険者ギルドの依頼をこなすと＋《プラス》に作用したりする。

これが－に傾いているプレイヤーは、NPCから警戒されたり店を利用できなくなり、逆は店が安くなったりと恩恵がある――修太郎はカルマ値±《プラスマイナス》0であるため、NPCの反応に変化はない。

修太郎は〝侵攻〟という言葉を聞き、この都市全体を巻き込む何かしらのイベントの最中であることを推測する。

「これが外界の人類が築いた街」

「そこかしこから人の気配はするが、誰一人外に出ていないな」

外界の文明を興味深そうに眺めるバンピーと、宿屋に籠るプレイヤー達の気配を察するセオドール。二人に修太郎が声をかける。

「うーん、どうやら冒険者ギルドって場所に行く必要がありそう」

「冒険者ギルド、ですか？」

「うん！　なんでも請け負う便利な組織で、物凄《ものすご》い強い人だって所属してるんだから！」

甲冑の奥で目を輝かせる修太郎。

完全に想像上の話であるが、二人の魔王は〝強い人〟に反応してそわそわしている。

三人は兵士に言われたようにギルドを目指す。

道中の店はどこも閉まっており、修太郎は焦った様子でギルドの看板を探した。

「あった、めくれた羊皮紙のマーク！」

熟読した〝βテスター・ヨリツラが行く！〟に書いてあった情報を頼りに、冒険者ギルドにたどり着いた修太郎達。

中に入ると、そこは多くの人で溢《あふ》れており、職員と思《おぼ》しきＮＰＣは対応に追われていた。

「侵攻はいつ終わるんだ？」

「この中は安全なんでしょうね」

「討伐隊はアテになるのか⁉」

その大多数がＮＰＣのようだった。

イベントを盛り上げるための一種の道化だろうと、修太郎は無視する形で掲示板を眺め――グランドクエストを見つける。

「ゴブリン集落の一掃……これが侵攻？」

攻略サイトの情報によれば、ここは様々な種類の依頼が貼られているはずの場所。それが大きな紙に一つの依頼しか貼られていない――となれば、先ほど兵士が言っていた〝侵攻〟というイベントの入り口では？　と、修太郎は考えていた。

「ああ、冒険者の方ですか⁉」

修太郎の後ろから声がかかる。

見ればそこには別の職員ＮＰＣが立っており、すがりつくように涙声で語り出す。

侵攻によって危機を迎えていること。

侵攻とは何か。

侵攻を率いるのは何者か。

その内容を聞いたセオドールが腕を組む。

「ゴブリンの集団の殲滅《せんめつ》か。それに、キングも発生しているとなれば、それなりの規模だな」

「わかるの？」

「ああ。大した相手ではない」

酷く退屈そうに目を伏せるセオドール。

セオドールはそう言ったものの、これほど都市内が閑散としている以上、プレイヤー総出で当たる必要があった大規模なクエストの可能性があるのではと修太郎は考える。

まだ間に合うのであれば、プレイヤーの一人として修太郎も参加したかった――しかし、

「プレイヤーの敵《ぼくら》はｍｏｂ《モブ》だけど、二人からしたらｍｏｂは仲間で敵は僕らだ。主の僕はまだしも、敵を助けるなんて不本意だよね」

プレイヤーである前に、魔王達にも辛《つら》い思いをさせたくない修太郎。それだけに、簡単にこれを受けるのも憚《はばか》られていた。

彼らは〃主である修太郎〃に従っているだけで、その他の人達《プレイヤー》に対しては寧《むし》ろｍｏｔｈｅｒＡＩの意思に沿うならば〃排除〃の対象である。

出発前、修太郎がお願いの中に〃なるべく人を助けてほしい〃を加えなかったのは、魔王達の立場を考慮した修太郎なりの配慮の表れだった。

しかし二人は僅《わず》かの思考時間もなく、ほぼ同時に答えた。

「主様の敵が我々の敵です」

「我々は主様に付き従うのみ」

二人にとって、ｍｏｔｈｅｒ ＡＩの意識など二の次三の次である。それは魔王達がロス・マオラ城に永劫《えいごう》囚われていた恨みもあるし、なにより修太郎への忠誠は本物だったから。

修太郎は心の底から『ありがとう』を伝えると、覚悟を決めグランドクエストに参加するのだった。

＊　＊　＊　＊

時間は少し戻る。

ロス・マオラ城――王の間。

全部で三つの席が空席となっているその空間に、退屈そうに座る四人の魔王がいた。

「我はただ陛下と共に外界を見て回りたいだけなんだがな」

「俺達そんな信用なかったのかァ」

「急に態度を改めても無駄ですよ」

特に不満そうな巨人《ガララス》と金髪の騎士《バートランド》に対し、呆《あき》れたように本をめくりながら無情に言い放つ執事服《エルロード》。

今回、初めて外界に出るということもあり、流石《さすが》に全員を連れて行くのは考えるべきだという意見も出たため、話し合い《アピールタイム》の末、バンピーとセオドールが、今回修太郎の護衛として付いていくことになったのだった。

というのも、エルロードからしてみれば、少なくともガララスとバートランドは主様に忠誠を誓うフリをして、外に出たら暴れるような発言を何度もしていたため、容姿の云々《うんぬん》を加味してもなお、最初から出す気など毛頭なかった。今更改心したような態度を取られても許可するわけにはいかない。

以前とは違って、二人は心の底から修太郎に忠誠を誓っているのだが、それが伝わるにはしばらく時間が必要そうだ。

「貴女《あなた》は良かったんですか？　ガララスとバートランドの監視とコアの警備は私一人で事足りると考えていましたので、貴女が残る必要はなかったと考えてます。貴女だって、未知なる外界にも興味があるでしょう」

ちらりと本から目線を上げ、玉座で足をぶらぶらさせる銀髪の美女《シルヴィア》を見るエルロード。

シルヴィアは少し楽しそうに笑みを浮かべながら、バンピーの席に視線を送る。

「確かにそうだが、バンピーがとても嬉《うれ》しそうでな、邪魔になると思って」

それに対しエルロードは、意外そうな顔をした後「そうですか」とだけ答えた。

同性なりに何か勘付《かんづ》く所があって降りたシルヴィアだったが、エルロードに許可されたもう一人の魔王――堅物《かたぶつ》で鈍感なセオドールはそんな事には気がつかず、何食わぬ顔で付いて行っている。

シルヴィアは遥《はる》か頭上にポッカリ空《あ》いた小さな穴を見上げながら「無事に出られたかな」と呟《つぶや》く。

現時点で、三人の出た先がこの城のある〝魔境ロス・マオラ〟なのか、それとも修太郎がダンジョン生成で降りてきた〝大都市アリストラス〟に出られるのか、何の情報もないのである。

その上、本来出会うことのないはずの修太郎と彼らを繋いだのは〝座標バグ〟という不安定な要素であるため、そもそも正常に外に出られるかすら怪しかった。

エルロードはそれに何も答えず、静かに本をめくった。

＊　＊　＊　＊

薄暗い静かな坑道内に、足音が響く。

肌に纏《まと》わりつくジメッとした湿気。

長く使われていないレールは所々が壊れ、錆《さ》び、隙間から雑草がのぞいていた。

アーチ状の木の枠組みから垂れる、古ぼけたカンテラの灯《あか》りだけを頼りに進むミサキは、本来の最短距離から少し逸《そ》れた道を歩いていた。

(道幅が狭すぎてモンスターがいる道は通れない)

五人横並びしたら、両端の人の肩が木の枠組みに掠《かす》る程度の幅しかなく、歩くのに不便はないが戦闘するには少し狭い――その上、この狭さでｍｏｂをやりすごすのは困難であった。

アリの巣状の坑道内には目的地に繋がる道が無数に存在するため、完全開拓《かいたく》された地図と生命感知スキルを持つミサキは、道に迷うことはないにせよｍｏｂを見つけては迂回《うかい》を繰り返している。

ここに出現するｍｏｂは平原よりも強い。

最弱のデミ・ラットと死闘を繰り広げたミサキは、ここでの遭遇《エンカウント》はほぼ〝死〟を意味すると考えていた。

それでも彼女は進む。

目的地の青点が健在だったから。

（いつ出会ってもいいように矢だけはつがえておかなきゃ……）

矢を持つ手はかすかに震えていた。

生命感知に映っていないため付近にｍｏｂはいないのだが、いつ死んでもおかしくないこの状況に自然と体が反応してしまっている。

ミサキは恐怖を振り払うかのように、その手を強く握った。じっとりとした手汗が煩《わずら》わしい。

（入り口付近に新しく二つの赤点――これは帰り道に注意だ。それに、その近くに〝紫色の点〟があるのはなんだろう）

生命感知でミサキが判断できるのは三種類だけだと思っていた。

緑のＮＰＣ、青のプレイヤー、赤のｍｏｂ。

そこに新たに加わる紫色の点。

当然、それを確かめる勇気はなかった。

（しまった……紫色に気を取られてる間に道の両端からｍｏｂがこっちに来てる）

一本道の中腹を歩いていたミサキは、知らず知らずのうちに、ｍｏｂに挟まれている事に気づく。

とはいえ赤点はミサキを捉《とら》えている——というよりは、自然に迷い込んだような動きを見せており、その速度も動きも不規則であった。

しかし、このまま進めば、あるいは戻っても確実に遭遇は免《まぬか》れない。かといってここに停《と》まれば最悪挟み撃ちに遭う可能性があった。

ミサキは意を決して弓をさらに強く握る。

前方に見える赤点の方へ、足早に近づいた。

（戦闘にもたつけば後ろのｍｏｂに追いつかれる可能性がある——生き残るには前方の赤点を素早く倒すか、すれ違って逃げるしかない！）

歩を進めるにつれ見えてくる赤点の正体。

それは体長1メートルほどの緑色の蜘蛛《くも》だった。

個体名、イリアナ・スパイダー。

イリアナ坑道に生息するｍｏｂで、推奨レベルは5～7である。

イリアナ・スパイダーがミサキを捉えた。

相手は「キギィー！」と奇声を発しながら、無数にあるその足で壁伝いに近寄ってくる。

速い――！

「ひっ……ッ！」

蜘蛛の毒牙《どくが》が肩を掠めた。

幸いそれは防具の耐久値を削るだけに留まっているが、ミサキはここに来てはじめて身に降りかかる〝死〟を体感していた。

この〝55／55〟と書かれた緑の数字が〝0〟になった時、自分の命は終わるんだ――と、ミサキは人生で体感したことのない恐怖に晒《さら》されながら震える手で矢を放つ。

ドッ！　矢は壁に深々と刺さった。

背後でギチギチと不気味な音が鳴る。

ミサキは咄嗟《とっさ》に振り返り、顔を守る。

その直後――

無情にもイリアナ・スパイダーの毒牙が、ミサキの腹部を強襲した。

「がッ……！」

41／55
LP《生命力》が削れたのが見える。

「い、いぎ、い……！」

腹部に走る激痛に、ミサキは弓を落として悶絶《もんぜつ》する。

ひゅぅひゅぅと、妙《みょう》な呼吸音が口から出る。

それは仮想世界とは思えないほどの〝忠実な痛み〟で、ミサキの恐怖心はさらに増してゆく。

「いぐ、ッたぃ……ぐぅぅッ！」

ズキン、ズキンと、脈動するように体に激痛が走る。

ミサキはイリアナ・スパイダーの毒に侵されていた。

毒は3秒に1%のLPを削る効果を持つが、それ以上に延々と続く焼けるような痛みと腫《は》れるような感覚が、ミサキの心体を蝕《むしば》んでいた。

追撃しようと近づくイリアナ・スパイダー。

「いや……やだぁ、やだ……！」

落ちていた矢を力なく振り回しながら、恐怖のあまり涙ぐむミサキ。

彼女はすっかり戦意を喪失し、目を閉じ、ただただ迫りくる恐怖に恐《おそ》れ慄《おのの》いていた——

ズバン！！！

耳をつんざくような斬撃音が鳴り響く。

目を開けたミサキの前に、誰かがいた。

小さな騎士、あるいは悪魔。

言うなれば〝黒騎士〟。

まるで闇夜《やみよ》を切り取ったかのような鎧《よろい》。

子供のようなちんまりとした頭身が警戒心をいくらか緩和してくれるが、そのデザインは悪魔を模したような禍々《まがまが》しいものだった。

握られた剣はどこか無骨で、刀身と柄の部分しかない一切〝遊び〟のないその剣は、敵を倒すことだけを目的とした殺意そのもののよう。

突然現れた救世主にミサキは目を白黒させていた。

その人物に付き従うように佇《たたず》む人影。

一人は堅そうな黒髪の美形の騎士。

もう一人は全身真っ白の美しい少女。耳の上に伸びる王冠にも似た角は、その少女が人ならざる者である証明のようだった。

見れば三人ともが異様な雰囲気を纏っている。

ミサキはその全員が異界からの使者のように思え――そしてそれが、坑道入り口で自分の〝生命感知〟に反応していた二つの赤い点と一つの〝紫色の点〟だと気づいた。

(み、味方？　それとも――？)

今まで見たこともない紫色。

敵か、味方か。

しかし少なくとも赤はｍｏｂの色だ。

「怪我《けが》はない？」

暗がりの坑道内、優しい少年の声が響いた。

黒騎士と対面するミサキ。

九死に一生を得たミサキだったが、目の前にいるこの〝得体の知れない三人〟に対し、どう立ち回ればいいかを考えていた。

（モンスターじゃあ、ないよね？　助けてくれたし……）

しかし、さっぱりとした性格のミサキは〝どんな人でも助けてくれたんだからまずは感謝するべき〟と結論づけ、頭を下げた。

「ありがとうございます！　本当に助かりました。まさか戦闘があんなに難しいなんて……」

「ううん、気にしないで！　間に合ってよかった」

思いがけずかけられた優しい言葉に、ミサキはじわりと涙が出そうになる。

何度も頭を下げては罵倒《ばとう》されて追い返された。

心が憔悴《しょうすい》していた彼女にとって、この黒騎士の言葉が荒《すさ》んだ心に温かく染みわたる。

「私はミサキって言います。見ての通り、デスゲーム化してからはずっと引き籠ってた非戦闘民です」

非戦闘民だったがために昨日今日で何度も後悔を味わったからか、自嘲気味《じちょうぎみ》に笑うミサキ。

「僕は修太郎。後ろの二人は僕の召喚獣で、右がバンピー。左はセオドールだよ」

修太郎に紹介された二人が頭を下げる。

ミサキは「召喚獣？」と、聴き慣れないワードに引っかかりつつも、再び頭を下げた。

修太郎は召喚士《サモナー》で、魔王達は召喚獣。

特にしっかり設定を組み立てたわけではないが、外界での修太郎達の設定がこれだ。

実のところ、フィールドに存在するｍｏｂを懐柔《かいじゅう》して仲間にする従魔使い《テイマー》よりも、条件を満たして霊体を現世に呼び出す召喚士の方が、強い個体《魔王達》が仲間にいても誤魔化しが利きやすい。

前者は、倒したｍｏｂを仲間にしていく職業であるため、必然的に連れて歩くｍｏｂの実力はプレイヤー自身の実力に直結する。つまり、あまりに強すぎる個体を連れていた場合「じゃあ本人のレベルは？」とか「どこで仲間にしたの？」などという質問に繋がるわけだ。

後者の場合、さまざまな条件（クエストやアイテムの使用）で特殊な個体を呼び出す例がβ時代にも確認されていたし〝ランダム召喚〟などという運試し要素もある。たとえ召喚士が低レベルでも、連れている召喚獣がドラゴンだったりすることもシステム上可能であるのだ。

もちろん、ランダム召喚で得られる霊体のほとんどがありふれた個体だし、ドラゴンのような強力な個体を呼び出す前提条件など、低レベル帯ではまずこなせない。その上、ｂｏｓｓ特性を持った霊体を召喚した実例は未《いま》だないため、一概に誤魔化すにはどっちが適しているとは言えないのだが――

もちろんそんな事を知らない、ゲーム初心者のミサキは「賑《にぎ》やかそうで羨《うらや》ましい」程度にしか思っていなかった。

「失礼する」

黙って聞いていたセオドールがミサキに近づく。

「え、はい……？」

セオドールがミサキの腹部に手をかざすと、深く抉《えぐ》られた傷は癒《い》え、失われていたＬＰがみるみる回復していき毒がなくなっていた――熱っぽい痛みも、もうなくなっている。

単純な回復魔法であったが、無知なミサキにとってはまるで奇跡のような技に見えた。

必死に頭を下げるミサキ。

セオドールはミサキの弓を指差し、続ける。

「弓を使うならもっと距離を取るべきだ。弓の性能を最大限発揮できる間合いを学ぶといい。それと、近距離でも対応できる副武器を何か装備しておけば今のように慌てずにすむ」

「は、はい。ありがとうございます！」

ミサキの返事に満足したのか、セオドールは再び目を伏せるようにして腕組みをした。

応対したのがミサキではなく、たとえばβテスターだったら、召喚獣であるセオドールの〝人間と違《たが》わぬ会話能力〟に驚嘆するはずだ。

召喚獣といえど中身はＮＰＣである。

だから本来ここまで自由な会話は成立しないのだが、ミサキはもちろん、主である修太郎すら知る由《よし》もない。

（確かに、狙うならもっと遠くからこっちの有利な状態で立ち回るべきなんだ。それに、近づかれても剣か何かあれば……）

ぶっきらぼうだが、的確なアドバイス。

ミサキは忘れないように頭の中で何度も復唱するが――セオドールの言動といい奇跡といい、修太郎の装備といい強さといい、三人が纏う独特の雰囲気といい、明らかに〝初心者〟ではなさそうだと判断できる。

（この人達なら、この人達だったら）

自分が安全な道を誘導できれば、坑道の三人を救い出せるかもしれない――と、打算的だが、こうやって助けてくれる良心を持つ大きな存在に、藁《わら》にもすがる思いでミサキは懇願する。

「あの！　どうか助けてください!!」

頰《ほお》を伝う涙に気づくミサキ。

涙を武器に使うつもりはなかった。なかったが、ｍｏｂに殺されかけたミサキの心は、本人が思っている以上に弱っていたのかもしれない。

昨日発生した侵攻のこと。

自分が非戦闘民で参加できなかったこと。

集まった戦力が少なかったこと。

朝から二時間経っても赤黒い点が消えないこと。

坑道の奥に浮いた青点があること。

一度話し出したら止めどなく溢れた。

「そんな事があったんだ……」

黙って聞いていた修太郎はそう呟いた後、優しい口調で――

「案内して！　力になるから」

と、答えた。

＊　＊　＊　＊

坑道内に複数人の足音が響く。

先頭を行く少女の表情は、先ほどまでとは打って変わって明るく、希望に満ちていた。

隣を行く漆黒《しっこく》の騎士と白い少女。

黒髪の騎士は最後尾を歩いている。

青点までのルートを案内するミサキ。

非戦闘民であるミサキを坑道の奥に連れて行くのはどうなんだと考えていた修太郎だったが、ミサキの強い希望で同行する事になった。

（バンピーとセオドールがいればまず安心か）

修太郎は心の中で自分を納得させる。

事実、魔王が二人とアビス・スライムのいる修太郎の近くは、アリストラスの宿屋よりも安全な場所である。

「このルートなら最短距離で青色の場所に行けます！　敵との接触も私の固有スキルで最小限に抑えられると思います」

地図を見ながらミサキが言う。

そこまでを聞いた修太郎が尋ねる。

「キング・ゴブリンへのルートは？」

「――えっ？」

修太郎の言葉に、ミサキが立ち止まる。

「取り残された人達の場所は覚えたけど、それよりもっと危ないのはキング・ゴブリンと戦ってる人達だよね？　ならそっちも手伝ったほうがいいよね」

「えっ、あの、でもすごくレベルが高いそうなので……」

「もともとゴブリンの集落撃退依頼を受けてここにきてるから、心配しなくて大丈夫だよ！」

せめて坑道に残された三名を助けにいくくらいなら――と、多くを望んでいなかったミサキにとって、キング・ゴブリン討伐への助太刀《すけだち》を頼むかどうかまでの頭がなかったのだ。

「聞いた所によれば、キング・ゴブリンのレベルは35くらいあるそうです！　それに加えてゴブリンの派生種達が15ほどで、固有スキルによってステータスも底上げされてると……！」

デスゲームとなった今は特に、事前情報のあるなしではかなり変わってくる。

しかしバンピーが、表情ひとつ変えずにそれに答えた。

「レベル35程度で〝王《キング》〟を名乗る愚か者。我々のようにレベル120に到達してはじめて王を名乗りなさい」

「ひゃくに……！」

驚愕《きょうがく》の表情を浮かべるミサキと、甲冑の奥で「口外禁止しておくべきだった」と嘆《なげ》く修太郎。

ガラスがそうだったように、魔王達は皆、力は誇示するものと考えているため、到達《レベル１２０》した高みを公言する事はある種当たり前の行為であった。

気まずそうに額《ひたい》を掻《か》く修太郎。

「戦力的に心配ないことが伝わったなら、次の分かれ道で二手に分かれた方がいいと思うんだけど、どうかな？」

そう言いながら、苦笑を浮かべる。

もちろんその表情は黒い甲冑に阻まれている。

侵攻の手助けと人命救助。

二手に分かれれば被害を抑えられる。

悩むミサキを他所に、修太郎達は〝念話〟を使って会話を始めた。

『二人のうちどちらかに、ミサキさんの警護を頼みたいんだけど、大丈夫？』

『無論です。主様の命《めい》とあれば』

そう答えるバンピーと、無言で頷《うなず》くセオドール。

ミサキにこの〝念話〟による会話は聞こえていない。

念話とは、従属関係にある者同士が離れていても会話する事ができる便利機能。

特に、修太郎は他のプレイヤーがいる前ではダンジョンの話などできないわけで、不要に情報を漏らさないためにはかなり有用といえる。

これは〝人型種族を2体以上配下に加える〟の達成報酬で得たもので、本来は年月がたつにつれ巨大化するダンジョン内でのコミュニケーションツールとして活躍するものだった。

『ならセオドールはミサキさんを守ってほしい。僕とバンピーでキング・ゴブリン討伐の手伝いにいこう！』

修太郎は心の中で「この場合、大人の男性に守られるのと、同性の子に守られるのってどっちが安心できるんだろう」などと考えたのち、ある理由からセオドールに決めた。

修太郎直々の頼みとあって、不満な様子はなく頷くセオドールは『承知した』と答えた。

実のところ、修太郎はバンピーに斧《おの》を投げつけられ殺されそうになった過去もあり、そういう意味でも現時点で一番紳士的に接してくれているセオドールに頼みたかった……という背景もあった。

しばらく進むと、ミサキの地図に分岐点が現れた。

右へ行けば集落の場所。

左へ行けば青点の場所。

「それじゃあ僕らは加勢に向かうよ。頼んだよセオドール。ミサキさんもどうか無理はしないでね」

手を振りながら右の道へと向かう修太郎。

バンピーは短く一礼すると、その後を追うように足を進める。

「あのっ……！」

ミサキの声に、修太郎が振り返る。

事態は一刻一秒を争うのは百も承知で、それでもミサキは、見返りも求めない聖人のような黒騎士に精一杯のお礼を言いたかった——しかし、口から出た言葉は、

「また会えますか!!」

だった。

なぜ自分は彼にこれ以上の迷惑をかけようとしているのだろう——自然と出たその言葉にミサキは思わず口を塞《ふさ》ぐ。

「もちろん!」

元気よくそう答えた修太郎は、手を振りながら再び歩き出した。

＊　＊　＊　＊

紋章《もんしょう》ギルドは窮地に立たされていた。

キング・ゴブリンの猛攻が止まらない。

前線に上がっていた攻撃役《アタッカー》達も深傷《ふかで》を負い、潤沢《じゅんたく》に用意していたはずの回復薬《ポーション》類もあと僅か——それでもプレイヤー達が死者を出さず持《も》ち堪《こた》えているのは、一時間もの間一人で攻撃を凌《しの》いでいるワタルの存在が大きかった。

「第2部隊のNPCは全滅、湧《わ》く速度が撃退速度を上回ってきてます!」

「こっちは武器の耐久値が0に近い！　誰か予備の片手剣を持ってる奴《やつ》はいないか!?」

「いだいいい足が、俺の足がぁぁ!!」

（あちこちから救援要請が来てる――！　私達の部隊も死者こそいないけどギリギリ……隙を見て第三階位魔法で一掃するつもりが、とてもそんな余裕は……！）

血と汗と土汚れに塗《まみ》れながら、フラメは阿鼻叫喚《あびきょうかん》と化している戦場を見渡す。

皆が満身創痍《まんしんそうい》。

一人は片足を失っており、彼の元へは回復役《ヒーラー》が向かったが――今誰よりも一番死に近いのはワタルだ。

随分前から呼びかけに応答がない。

彼が生き残らなければ、現状でアリストラスにキングを抑えうるプレイヤーは存在しない。撤退し、再起を促《うなが》すためにも彼の生還は必要不可欠だったが、既に意識を失い本能のみで戦うワタルにその声は届かない。

回復に向かおうにも近づけない。

ワタルは戦場で孤立していた。

「撤退しながら各隊固まってA地点の小道に向かえ！　殿《しんがり》は俺が務める！」

絶望に包まれていた戦場に檄《げき》が飛ぶ。

大剣を杖《つえ》にふらついた足取りで立つアルバだ。

フラメは必死に叫んだ。

「でも、でもワタルがまだ！」

「都市内まで撤退するわけじゃない。俺はこのまま小道の入り口で足止めをする。皆は坑道の外まで撤退してくれ。フラメはありったけの回復薬を持って迂回しながらワタルの後ろの道に出てくれ。黒馬を使えば二人で乗っても逃げ切れるはずだ」

「わ、わかりました！」

そう言ってアルバは黒馬を呼び出した。

力強く嘶《いなな》く黒馬の手綱《たづな》を、フラメはしっかり握る。

広間を伝ってワタルと合流するには数が多すぎるのと、あの状態のキングの横を抜けるのは自殺行為ともいえた。

ＬＰが６５％にまで削れた時、キングの行動ルーチンが変わった。得物《えもの》も巨大な槌《つち》に持ち替えており、その暴風のような槌の暴力の範囲は、仲間であるはずのゴブリンすら寄せつけない死《デッドゾーン》の空間と化していた。

ワタルは虚《うつ》ろな目で槌だけを受け流す。

じりじりと減る彼のＬＰは３０％を割っている。

「でもそれじゃあアルバさんが！」

「なあに、ゴブリン達が押し寄せようとしてもこの幅じゃ一度に四匹が関の山だろう。頃合いを見て俺も逃げるさ」

アルバの目に覚悟の色を見たフラメ。

彼女は涙を必死に耐《た》えながら、アルバの横をすり抜ける形で満身創痍の討伐隊を率いて撤退してゆく。

アルバは自分に《防御壁》《鋼の体》《筋力強化》のスキルを重ねがけし、最後尾のプレイヤーとすれ違う——そして追いかけるゴブリンの群れに《挑発》を浴びせ、大剣を肩に担いだ。

「ここから先は一歩も通さん」

＊　＊　＊　＊

修太郎とバンピーは広間の戦況を確認する。

遠目から見る限り、プレイヤー達が撤退を始め、一人の男が殿を務めているようだった。そしてキング・ゴブリンを一人で抑えている男は、既に限界を超えている様子が見て取れた。

「僕らはどっちの手助けを——」

「主様。妾《わらわ》は主様に謝らねばならないことがあります」

改まったようにバンピーが語り出す。

修太郎はそれを黙って聞いていた。

「妾はアンデッドの王。中でも最上位種である〝死族〟の王です」

絶対に伝えたくなかった秘密を打ち明けるような、そんな表情、声色。

バンピーの表情は罪悪感で歪《ゆが》んでいた。

「妾は存在するだけで〝死〟を振りまく。妾の固有スキル〝終焉《しゅうえん》〟は、一定範囲内にいる妾よりも弱い対象の命を即座に奪う効果があります」

修太郎の顔が衝撃に染まった。

しかしバンピーからはそれが見えない。

バンピーは懺悔《ざんげ》するように続ける。

「そして〝終焉〟を持つ者が対象に触れた時、あるいは触れられた時、数秒の接触があれば同レベルの存在をも死に至らしめる事ができます——なぜ今、妾がこれを打ち明けたのか分かりますか」

〝なぜここに……〟

〝ッ！　そうだ、大変なんだよ！　ログアウトが、ログアウトができないんだ!!〟

「貴方様がロス・マオラ城にやって来た日、妾は生まれて初めて、生あるものに体を触れられました。しかし、貴方様は生きていた」

修太郎は反射的に右手を見ていた。

それもそのはず。だって修太郎は……

〝主様。妾のわがままを聞いていただけますか？〟

あの日のバンピーの顔が蘇《よみがえ》る。

「ヒトが持つ温もりに、触れました。その後妾は貴方様を〝殺すため〟貴方様の手をとりました。しかし、そのどちらでも貴方様に、我々に終焉が訪れることはなかった」

〝その、なんともありませんか？〟

〝え？　うーんと、小さい手だね〟

〝そうですか〟

あの時、彼女は死のうとしたんだ。

その事実を知った修太郎は、それでも黙って聞いていた。自分が殺されそうになったというのに、修太郎はなぜか嫌悪感も恐怖心も何も感じていなかった。

「妾はもう、これ以上の生を望んでいませんでした。他種族を下に見て野心を身に宿す他の魔王達にも、ただ混沌《こんとん》と破壊だけが続く妾の世界にも……全て終わらせたい、日々そう願っていました。貴方様を殺せば、我々もまた死に至る。不死である妾も死ぬことができる。それは妾にとってなによりの喜びでした」

〝これを破壊するだけで――〟

〝いやいや、破壊しちゃダメなんだって〟

「だから僕と手を握りたがったり、ダンジョンコアを破壊するみたいな事を言ってたんだね」

修太郎の言葉に、バンピーはコクリと頷いた。

「貴方様は氷のように冷たい妾に温もりを教えてくれた。世界に意味を与えてくれた。妾は偉大な主様に心酔していくと同時に、過去の償《つぐな》いきれない過《あやま》ちが大きくなってゆくのを感じました――貴方様が望むなら、妾は何でもします」

修太郎は鎧の変形を解いた。

プニ夫《お》を腕に抱く形に戻し、素顔を見せる。

微笑《ほほえ》む修太郎を見て、再び胸が締め付けられるバンピー。

「なら、僕のお願いを2つきいてくれる？」

指をふたつ立てて、修太郎は続ける。

「プレイヤー達を助けてほしいことと、バンピーには友達になってもらいたいなぁ。あ、あともう二度と死のうとなんてしないでね！」

慌てて三つ目の指を立てて「あはは、カッコつけたのに三つあった」と呟く修太郎。

バンピーは救われたような──満足そうな顔で頷くと、mobが蔓延《はびこ》る広間に躍り出た。

敵を殲滅し、主様の仲間を助け出す。

そのためには、無差別殺戮《いまのまま》ではいけない──

一度たりとも望まなかった、何かを〝助ける力〟。

主様に応えるには、このままでいいわけがない。

およそ数百年変わらなかったバンピーの固有スキルは、強い想いに呼応し〝昇華〟する。

白い少女が舞う──

それはまるで天使のようで、夥《おびただ》しい数いたゴブリン達の体が崩れ、光の粒子を散らして消えてゆく。

白い少女が舞う──

それはまるで悪魔のようで、猛威を奮っていたキング・ゴブリンもまた膝をつき、燃え尽きた紙屑《かみくず》のように崩れ去る。

彼女の終焉は目の届く範囲全てに及ぶ。

彼女が死を望んだ者は崩れ、光の塵《ちり》と化す。

キングと対峙《たいじ》するワタルが倒れ伏す。

彼の命の炎は、未だ微《かす》かに燃え続けている。

安らかに眠るように粒子となる小鬼達。

それらは光の鱗粉《りんぷん》を散らしながら、空気中《そら》に溶けるように消えてゆき、光が織りなす幻想的な光景が広がった。

そして白い少女は振り返り、

「仰《おお》せのままに、修太郎様」

と、微笑んだのだった。

＊　＊　＊　＊

薄暗い坑道内を二人の男女が進む。

男の方が何かに気づき、顔を上げた。

「──終わったか」

「え？」

しばらく黙っていたセオドールが呟く。

聞き返すミサキに「スキルで確かめたらいい」と返すセオドール。

言われるがまま〝生命感知〟をもう一度発動すると、ミサキの目が驚愕で見開かれた。

「あっ！　大きな点が消えてる!!」

ミサキのミニマップに常に表示されていた無数の赤い点、大きな赤い点が消え失せていた。

そして小道の方へ戻っていく赤の点と紫の点を見て、ミサキは「修太郎さん達が倒したんだ」と歓喜の声を上げた。

後は自分達が三人を救出すれば解決する。

胸を締めつけていた呪縛のような何かが解かれたような、言いようのない安堵感《あんどかん》と脱力感がミサキを襲う。

「本当に強かったんだ、バンピーさん。これでワタルさん達も助かる……」

力が抜けたような声で呟くミサキ。

「………」

セオドールは難しい表情をして立ち止まる。

それに気づいたミサキも立ち止まった。

「バンピーの言っていた事だが、可能な範囲で他言無用を約束してもらいたい」

急な提案だったが、ミサキは色々悟《さと》ったように晴れやかな表情で頷いた。

「何か事情があるんですね」

「ああ。我々の主が〝力を誇示する者〟であるならその限りではないが、その力の使い方は主に相応《ふさわ》しいとは思えない。力と恐怖で束ねても憎しみや恨みを買うばかりだからな」

そう言って、視線を逸らすセオドール。

主を本当に慕っている気持ちが伝わってくる。

「それは私も同意します――私《ワ》が《タ》慕《ル》う《さ》人《ん》も、力を誇示せず弱者に寄り添い、導いてくれましたから」

ミサキは頷き、セオドールを見た。

修太郎は自分の無茶なお願いを聞いてくれたうえに、ワタル達を、都市を守ってくれた――今度は私がそれに応える番だと、固くそう誓った。

「約束します。修太郎さん達の事は口外しません。恩を仇《あだ》で返す真似《まね》はしたくありませんから」

「そうか、助かる」

ミサキの瞳《ひとみ》の奥に確固たる信念を見たセオドールは、満足した様子で仮想空間《インベントリ》を開き、幾《いく》つかのアイテムを摑《つか》み出《だ》した。

「礼というわけではないが、主のために拵《こしら》えたものが不要になってな――ミサキ殿の助けになるのなら、こいつらも本望だろう」

そう言って、セオドールは戸惑い顔のミサキにアイテムを渡した。

それは、修太郎がセオドールの世界に訪れた際、セオドールが張り切りすぎて全種類の武器・防具を作ってしまったときの名残《なご》りだった。

驚くべき軽さながらも幾重《いくえ》にも重ね合わせた強靭《きょうじん》な金属でできている銀色の弓、そして矢筒に収められた同色の矢。

ミサキの持つ初心者の弓よりも軽い。

木製であるはずの弓よりも軽い金属製の弓は、ミサキの手に非常に馴染《なじ》んだ。

「これは……？」

「貴重なものでもない。俺が打ったものだからな」

矢もそうだ――と、語るセオドール。

ミサキは二、三度引く動作をして目を見開く。

「物凄く引きやすいです！　それに、重くないのに弦《つる》がこう、力強いというか」

「俺なりにそれぞれ適した鉱石を鍛《きた》えて作成しているからな。その木片よりは役に立つはずだ」

「これ本当にいただいてもいいんですか？」

「無論。それと――これは近距離戦闘で使うといい。両方で一流を目指すのなら、追加で格闘技術を伸ばしても無駄にならないだろう」

そう言って、今度は短剣を渡すセオドール。

その短剣は修太郎が持っていたのと同じデザインで、刃《やいば》と柄しかない無骨なものだった。

刃は驚くほど薄く、向こう側が透けて見えるほどで、こちらは持っているのを忘れるほど正に羽根のように軽い。

背中と腰にセオドールの装備——名前を〝銀弓〟〝銀の矢〟〝牙の短剣〟という——を纏ったミサキは、心なしか自分が何かに護《まも》られているかのような、気力が溢れるような気持ちになっていた。

「それと、こっちはまじない程度だが」

セオドールが黒のオーラを纏い、ミサキの頭の上に手を乗せると、ミサキの体にも同様に黒のオーラが立ち込めた。

自分の両手を見て不思議そうにするミサキに、腕組みをするセオドールが解説する。

「ミサキ殿に二つの強化魔法《バフ》を与えた。一つは俺とLPを共有する《生命共有》。もう一つはステータスの増強を行う《竜王の庇護《ひご》》——体から黒の〝闘気〟が出ているうちは効果が残る」

ミサキは自分の体が明らかに強化されていることを、感覚的に〝確信〟していた。それはプレイヤーを形作る体が0と1の集合体になった影響でもあった。

できる事はやった。と、先に進もうとするセオドールに、困惑顔のミサキが尋ねた。

「なぜここまでしてくださるんですか？」

セオドールはさも当然のように答える。

「主には〝ミサキ殿を守ってやれ〟と命じられている。俺は俺ができる最大限でそれに応えたい」

それに——と、セオドールは後ろを振り向かず、立ち止まる。

「奥に行けば〝それら〟が役立つだろうからな」

「それってどういう……？」

そう言い残し、セオドールは再び歩き出す。

脅威は取り除かれたはずなのに何故《なぜ》だろうと思いながらも、ミサキはセオドールに置いて行かれないように急ぎ足でついて行った。

＊　＊　＊　＊

坑道内奥地に、三つの影があった。

揺れるカンテラが、足元に咲く紫の花を映し出す。

「なんだよ、誰もついてこないじゃん」

つまらなそうに石を蹴《け》るＰＫ黒犬《くろいぬ》。

暗闇から歩いてくる人物がそれに答える。

「思った以上にキングに人員を割いてるって事だろ。うかうかしてるとあいつら全員殺されちまうぞ」

それを聞いて、ケタケタと笑いながらＰＫキジマはカンテラに照らされた〝三人目の仲間〟に視線を向けた。

「お前がミサキを見落とすから作戦が狂ったんだろうがよ。アルバ単体なら俺達三人《レーダー》で殺せたのに、使えねえ新人だねえ」

言われた男が燃え盛る刀を抜き放つ。

炎に照らされたその人物は――キッドだった。

「最終的に全員殺せれば満足だろ？　めぼしいスキルも全部伝えたし、侵攻攻略も絶望的。これ以上の不満があるか？」

マイナスへ振り切ったカルマ値によって都市に入れなかった黒犬とキジマは、この坑道内を根城としていたため早い段階からこの侵攻の発生を見て知っていた。

黒犬とキジマはデスゲーム開始後、坑道内に迷い込んだプレイヤーを殺しながらアイテム類を奪いつつ、成熟した侵攻が都市を喰《く》う瞬間を待っていたのだ。

β時代、侵攻により門を破壊された都市は安全機能《システムブロック》が解除され、フィールドと同じようにPKが可能となった過去がある。PK達は侵攻の混乱に乗じ、アリストラスに乗り込む算段でいたのだ。

全てはアリストラス内部で怯えた35万人を欲望のままに喰らうため――仮初《かりそめ》ではなく〝本当の殺人〟に快楽を覚えた二人は、一人の仲間を引き入れることに成功した。

それが、キッドだった。

「まぁ、不満はねえな」

「35万人《ビュッフェ》も紋章の精鋭部隊《フルコース》も両方喰えるなら結果オーライよな」

軽薄《けいはく》そうな二人組が嗤《わら》う。

キッドは鬱陶《うっとう》しそうに頭を掻く。

キッドは坑道内でスカウトされてからは、紋章の内部に入ってスパイとして動いていた。

『面白い話がある。乗るか死ぬか決めろ』

あの時——

坑道内で動けなくなったキッドの耳元で、黒犬が囁《ささや》いた。瀕死《ひんし》の体に刻まれたのは、黒犬の固有スキル〝死の約束〟。

それは対象の直近の死を保留にする代わりに、対象を強制的にパーティ加入させるというもので、対象がパーティから抜ける際、保留された〝死〟が適用されるというもの。

デスゲーム前ならば死ぬだけで解除されるネタスキル程度のものだが、死ぬことが許されない現在、その契約は堅固《けんご》なものとなる。

断れば待つのは死——

キッドはその話に乗らざるをえなかった。

その後、第17部隊が壊滅した混乱に便乗してアルバを坑道内に引き込むことには失敗したが、紋章内部に存在する固有スキルの数々を報告し、イレギュラーな有能固有スキル持ち《ミサキ》の出現にもいち早く情報を仕入れ、侵攻攻略日に合わせ準備をすませ今日を迎えている。

黒犬がアルバを襲い、キッド《主戦力》がそれを追う事で戦場は一気に傾いた。その結果、ギリギリの攻防を繰り広げていた紋章ギルドは窮地に立たされている。

勿論《もちろん》それはこの二人の計画のうちだった。

討伐隊がキングを倒せば、その後弱った討伐隊を後ろから喰えるから良し。討伐隊が負けても、侵攻によって城門を破壊されたアリストラスの非戦闘民達を蹂躙《じゅうりん》できるからそれもまた良し。

「そろそろ行くか？」

首をパキポキ鳴らしながら立ち上がるキジマ。黒犬は喜びを噛《か》みしめるように、短剣を抜き差ししていた。

三人は歩きだす。

狙うは当然、紋章部隊の後ろの道――

「…………」

キッドの脳裏に映像が蘇る。

『キッドさん、スキルの調整なんですが――』

『俺の武器これで合ってるかな？』

『戦闘練習付き合ってくださいよ！』

『悪かったな、邪魔する真似して』

それは戦闘指南役を任され、固有スキルを聞き出すためだけに仲良くなったメンバー達との記憶――しかし、今更引くことはできない。すでにアルバに重傷を与えるという、裏切り行為に手を貸してしまったのだから。

「あれいたよな、幹部の女！」

「お前あぁいうの好きなの？」

「結構好きだよ、強い女って。最後まで泣かずに強がるところとか可愛《かわい》いじゃん？」

ＰＫ二人の笑い声が響く。

この二人は強く、そして残虐だ。

少なくともこのまま紋章の精鋭部隊を喰った二人は、プレイヤーの中でも屈指の実力を得るだろう。

『木戸《きど》すげえな！　100人のうちに当選ってどんな強運だよ!!』

『俺達も絶対追いつくからなー！』

『木戸の攻撃力を活かすなら、俺が盾役《タンク》、お前が回復役だな』

『その燃える刀俺にも貸してくれよ？』

『デスゲームでも、お前らと一緒だから少しだけ気が楽だぜ』

『誰か死んだら、生き残った奴がそいつの両親に報告な！』

今は亡き友人達を思い出し、キッドは歩みを止める。前をゆく二人はそれに気づかない。

（チャンスは一瞬、一度だけ、か）

心の中でそう呟く。

キッドは二人のパーティから抜けた。

（黒犬は盗賊系の上位職、ほとんどのスキルが真価を発揮するのは不意打ちの時、固有スキルは今は関係ない。キジマは魔法職で近距離に対応できない。魔法防壁《バリア》も張っていない――）

LPが急激に減ってゆくのを見ながら、侍《サムライ》の職業スキル《瞬身《しゅんしん》》を発動させ、素早く間合いを詰めると《抜刀》《鋭い一撃》《居合切り》を発動させ、燃える刀を抜き放つ。

二人の首が飛ぶ——

キッドは確かな手応《てごた》えを感じていた。

「だぁーから、やめとけって言ったんだ」

その声は、キッドの背後から聞こえた。

切り裂かれた目の前の二人がぐにゃりと曲がり、幻影かのように消え去った。キッドは背中に強い衝撃を受けて壁に打ち付けられ、もたれかかるようにして二人を睨《にら》む。

「こういうこともあるからさ、俺のスキルを設置しといたわけ。な？　裏切るタイミング完璧っしょ？」

そう言って大笑いするキジマ。

彼の視線の先に、カンテラに照らされた紫の花が散るのが見えた——それを見送るキッドは、自分の至らなさに苦笑する。

(固有スキルには警戒しろって指導しておきながら結局やられたら世話ないな)

キッドの体はすでに消滅が始まっていた。

その死は無情にも、緩やかに進んでゆく。

「即死じゃないのも気に入ってるんだよな、このスキル。パーティ切られて絶望の顔する姿を堪能《たんのう》できるし」

そう言って、キッドの顔を覗《のぞ》き込《こ》む黒犬。

キジマは「趣味悪ー」と、舌を出す。

(最後に看取《みと》られるのが親友を殺した張本人とは皮肉が効いてる――)

意識を手放そうと目を瞑《つむ》るキッド。

しかし、そこで戦局が大きく動いた。

戦場を見下ろすキジマが動揺する。

「キングが死んでる……？」

見る限り、どうやらキング・ゴブリンは討伐されたようだ。それに、周りにいた夥しい数のゴブリン達も消え去っている。

「急に消えたが……討伐直後は満身創痍だよな。行くなら今か？」

「ああ。邪魔も入ったが長かったな」

壁に打ちつけられ、足の先から光の粒子となり消えゆくキッドを哀《あわ》れんだ。

「悲しいなぁ。お前は仲間達に最後は〝裏切り者〟だとバラされて不名誉な死を遂《と》げるんだぜ」

吐き捨てるように言うキジマ。

キッドには返答する気力は残されておらず、自分の体が消えゆく様を、ただボーッと眺めるしかできなかった。

(悪い、許してくれ――)

その頬に、一筋の涙が伝った。

「やっと見つけました！」

坑道内に元気な声がこだまする。

二人が声の方へ咄嗟に振り返ると、そこには栗色《くりいろ》のウルフカットを揺らしながら手を振っている初心者防具の女性プレイヤーが立っていた。

二人は顔を見合わせ、安心したように息を吐く。

「どうしたんだ？　こんな所で」

「道に迷ったの？　それとも人探し？」

二人はゆっくりと女性に近づいていくと、その近くに鎧に身を包んだ黒髪の男もいることに気がつき——一気に警戒心を高めた。

「紋章の奴らか？」

ドスの利いた声で、キジマが尋ねる。

「ええと、違います。私は個人的にあなた達を助けに来たんです！」

女性の言葉に、再び二人に笑みが戻る。

どうやら食事前のおやつが来てくれたらしい、と。

（もう脅威は修太郎さん達によって取り除かれたけど、私は私の務めを果たさなきゃ）

暗がりからカンテラの下へとゆっくり歩いてくる二人を見て、ミサキは安堵の表情を浮かべていた。よくぞあの激戦区に踏み込まず、この場所で待機してくれたと。

「こいつらPKだ、さっさと逃げろ!!」

最後の気力を振り絞り、キッドが吠《ほ》える。

ハッとなるミサキは初めてキッドの存在に気づくと、キッドは壁にもたれたまま、静かに消えていった。

(あの人は……死……?)

二人の顔が照らされる。

ミサキの顔が強張《こわば》ってゆく。

「はじめましてお嬢さん。ちなみに君、レベル幾つ?」

「いやー女を殺すのは楽しみだなぁ」

軽薄そうな笑みを浮かべるのは、フードで顔が隠れた男と、灰色のボロ切れを着た男。

β時代、当選者数わずか100名という非常に狭き門を抜けた幸運のプレイヤーの中に、彼らはいた。

フィールドに出るプレイヤーを見つけては殺して回り、都市に入れないほどのカルマを溜めた狂人。

β時代に猛威を振るったPKキジマと、黒犬だ。

「本当は奇襲の流れで数人引っ張ってきてもらう予定だったけど、こいつ釣《つ》りの才能ないわ」

キッドのいた場所に散乱するアイテム群を眺めながら、黒犬がため息を吐《つ》く。

ミサキは困惑していた。この人達はいったい、なんなんだと。

先ほどから聞いていれば、紋章を殺すだのと物騒な事を口走っている。坑道に迷い込んだわけじゃないのかと。

置いてけぼりなミサキをキジマが笑う。

「てかさぁ、助けに来たってなんだよ。素性も知れねえ俺達にノコノコ会いに来て殺されるだなんて、お前——正真正銘の馬鹿だろ」

ミサキは声を震わせて叫ぶ。

「手を取り合って前に進むべき人達を殺そうと企《たくら》むなんて。私達はデータじゃない、ここに生きてる人なんだよ⁉」

キジマは嘲《あざわら》笑うように両手を広げた。

「分かりやすい世界でいいだろ？　強い奴が好き勝手できるんだ。なんたって、ここには法がない！　好きに人殺して、金を奪って、好きな物食って、女を抱いて、好きな時に寝て——こんな素晴らしい世界、脱出したいだなんて勿体《もったい》ないよなぁ？」

男の笑い声がこだまする。

ミサキは血が滲《にじ》むほど唇《くちびる》を噛みしめ、涙を流す。

(動けなくなっているプレイヤーだと思ったらただの犯罪者だなんて——そこまで考えが及ばなかった自分が愚かで悔しい……！)

二人の男がミサキに襲いかかる。

その血走った目、表情に恐怖し動けないミサキは短剣を構えて防御するも、ミサキの首、胸、背中にそれぞれの得物が突き立てられた。

死——

それを覚悟したミサキの目には、驚くべき表示が飛び込む。

85,921,506,797
85,921,506,797
85,921,506,797
合計三度、表示された意味はすぐに分かった。

「お、お前……化け物だろ」

「最前線のプレイヤーか!?　いや、それにしたってｍｉｓｓ《ノーダメ》が出るほどのレベル差はないはずだろ！」

ＰＫ達の攻撃が全て弾かれたのだ。

二人はその事実に怖気《おぞけ》を覚え、驚愕する。

その理由は——ミサキのＬＰはセオドールと共有されており、そしてセオドールが施した《竜王の庇護》による効果で、ミサキのステータスは一時的にレベル８０相当まで底上げされていたからである。

加えてこの装備も破格の品だ。

元々は修太郎に向けて打ったものであるため、素材は勿論のこと、セオドールの技術が詰まった至高の逸品であり、そのステータス《性能》上昇値も言わずもがな。

この世界は〝硬さ〟の概念までもが数字の並びで決定付けられる。たとえ研ぎ澄まされた真剣を地肌に突き立てようとも、受け手の数字が大きければ刃は届かないのだ。

反撃を恐れた二人は距離を取る。

「っはァ、ハァ……！」

目を見開いたまま、崩れ落ちるミサキ。

ミサキの心臓ははち切れそうなほど脈動しており、二人の動きに全く反応できなかった不甲《ふが》斐《い》なさと、今の攻撃で本来なら死んでいたという事実によって戦意を喪失していた。

右手を胸に押しつけるように俯《うつむ》く彼女。

手に持った短剣だけは離さなかった。

「もういいか？」

坑道に再び静寂が落ちる。

背中に携《たずさ》えた邪悪な剣をぬらりと抜き放ちやってくるセオドールを見て、ＰＫ達の顔つきが明らかに変わった。

快楽殺人者といえど、本を正せば戦闘狂。

ひと目見ただけで相手が〝どの程度〟なのか、肌で感じる事ができる。

何か来る。

本能がそう告げた。

セオドールは大剣を振り抜いた。

「まっ――」

鋭い斬撃音の後、二つの人型が粒子に変わる。

とても呆気《あっけ》ない、人間の死。

今目の前で、二つの命が消えたのだ。

ミサキは何度目か分からない涙を流し、死んだような目でセオドールを見た。

「すまなかった。ミサキ殿の目的とする場所に悪しき者がいるのは分かっていた。嫌な想いをさせてしまったな」

申し訳なさそうに剣を戻すセオドール。

ミサキは言葉こそ出てこないが、首を大きく振って必死にそれを否定する。

武器まで貰《もら》ったのに、何もできなかった自分。

恩人に汚れ役まで任せてしまった後悔。

(この人は分かってたんだ、何もかも。私が何も知らずに犯罪者達の所に誘導していた事も、私が恐怖で動けなくなる事も、全部)

もしも、ここへ連れてきたのがセオドールではなく宿屋にいたプレイヤーだったら。優しく抱いてくれたフラメだったら。アルバだったら、ワタルだったら――自らの足りない知識と偏《かたよ》った正義感だけで動いた結果がこれなのだと、落胆と共に痛感していた。

全てを知ったミサキは、感謝した。

この感情を生きて感じる事ができたのは、紛《まぎ》れもなくセオドール《この人》のお陰だと。

三人の〝命があった場所〟を無言で見つめるミサキ。そこから彼らの遺品を取り出すと、無言で自分のストレージにしまった。

セオドールはミサキが自力で立ち上がるまでの間、それ以上は何も語らず、ただ静かに佇んでいた。

＊　＊　＊　＊

時間は少し遡《さかのぼ》る――

敵を押《お》し潰《つぶ》さんと押し寄せる緑の群れ。

ガリガリと削れてゆく自分のＬＰも顧《かえり》みず、全損寸前の耐久の大剣を振り回しながら、アルバは仲間達の退路を守っていた。

（そろそろフラメが目標地点に着いた頃か。うまくいけばワタルを回収し、黒馬に乗って脱出しているかもしれない……）

ふらつく足を気合いで抑え、血に塗れた柄をがっしと摑み、鬼神の如《ごと》き迫力で、アルバは最後の力を振り絞る。

夥しい数のゴブリン達を押し除け、囮《おとり》である自分のほうに親玉が合流さえすれば、役目は果たされたと言えるだろう。

（早急に俺が抜けた穴を補塡《ほてん》できなければ、危機を脱したとは言えないぞ。課題は山積みだ

な）

心の中でアルバは笑う。

自分はもう若者に託す事しかできないから――殿を買って出た時点で、生きて帰れない事は百も承知だったからだ。

あとは犠牲を払って得た情報をまとめ、この侵攻が都市の門を破る前に次の戦術を考えるだけ。

ここで散る自分よりも、残され託された仲間達の方がよほど辛いのではと、アルバは再び嗤った。

アルバのLPが20%を下回った頃だ。

憔悴したアルバも、明らかな異変に気づいた。

（ゴブリンの量が減っている？）

向かってくるゴブリンが目に見えて減っていた。

数体、二体……そして遂に、一体も現れなくなっていた。

不気味なほどの静寂が落ちる。

血みどろの海と化した道を、体を引きずるようにして進むアルバは、集落のある広間へと出た。

（これは、夢か？　一体何が起こった？）

集落に生物の気配がない。

あるのはゴブリン達の生活の跡、激しい戦いの傷と、主をなくした玉座。

「アルバさん！」

「フラメ！　ワタルも、無事だったようだな」

黒馬の手綱を引きながら、困惑した表情で現れたフラメ。黒馬の背には気を失ったワタルが横たわっており、回復薬を直接かけたのか、濡《ぬ》れた髪から緑の液体が滴《したた》っていた。

アルバとフラメは用心深く集落跡地を見渡す。

「これは、まさかフラメが？」

「とんでもない！　ワタルの最大魔法でも数％しか減らなかったキングすら倒されてるんですよ？」

それもそうかと返すアルバ。

アルバは疑問に思う——果たしてゴブリン達は本当に〝倒されたのか〟と。しかしその疑問は、次の質問で即座に解消されることとなる。

「何かの時間制限で自然消滅したとも考えられるか？」

「なら、さっき私達に入った膨大な経験値と戦利品の説明がつきませんよ」

アルバはメニュー画面を開くと、侵攻討伐直前では37だった自分のレベルが、40にまで上がっている事に気づく。

任務失敗で自然消滅する依頼は多く存在するが、それで経験値や報酬を得られたことは一度もない。

　さらにいえば、途中倒していたゴブリン程度ではここまで上がらないだろう——と、アルバはβテスト最終日に、適正狩場で丸一日かけてもレベルが上がらなかった思い出を振り返っていた。

　考えられるとしたら、一瞬にして誰かが討伐したという事。攻撃に参加していた者全てに経験値や戦利品が渡っているのなら、それしか考えられない。

　しかし誰が、そしていつ？

　その救世主はどこに消えたのだろうか。

「とりあえずここから出ましょう。他のメンバーもきっと待ってますよ」

「あ、ああ。それとすまないが回復薬を少し分けてほしい」

　ありったけの回復薬を持っていたフラメは、手持ちで一番効果のあるものを手渡した。

　手渡された回復薬の瓶を開けたアルバは、夢ではないかと頭にかける——頭皮に染みる青臭い匂いと視界に広がる緑の液体が、ここが現実である事を裏付けた。

「え、何やってるんですか？」

「夢かと思ってな。ついでに目が覚めたら病院のベッドなら、なおさら良しと思ったんだが……」

「あはは。まあゲーム内《バーチャル》ですが、現実《リアル》です」

　そんな冗談も言えるほど心に余裕ができた後、三人は辺りを警戒しながら坑道から外に出た。

　そしてそこで待つ討伐隊参加メンバー達から、涙ながらの抱擁《ほうよう》と祝福を受けるのだった。

＊　＊　＊　＊

大都市アリストラスに討伐隊が帰還した。

静まり返っていた都市内は嘘《うそ》のように人が溢れ、英雄の凱旋《がいせん》さながらの祝福を受けながら、アルバ達は花吹雪《はなふぶき》の舞う大通りを歩くことになる。

NPCは勿論、宿屋に籠っていたプレイヤー達も窓を開けて拍手を送る。

この演出は都市が崩壊するレベルの侵攻を防いだ際に、英雄達へ送られる凱旋イベントであり、プレイヤーとしてはβ時代合わせても今回が初である。

「……ここは?」

「あっ、ワタル！　気がついた！」

ワタルの耳に、フラメの涙声が届く。

黒馬に揺られていたワタルが体を起こすと、そこはゴブリンが蔓延る暗い坑道内ではなく、大勢の人の拍手に歓迎された都市内だった。

ワタルもまた「夢ですか?」などと呟いていたが、アルバに肩車された事で一気に目が覚め、大通りを一望する。

溢れんばかりの人、人、人。

無数の花弁が舞い、白鳥が飛び、楽器が鳴る。

呑気《のんき》に用意していたのではと勘ぐれるほどの変わりようだったが、そこはゲームだなと自己完結するワタルに、アルバが声をかけた。

「状況を飲み込むのに時間がかかるとは思うが、とりあえずなんだ――終わったぞ」

その一言を聞き、やっとワタルに笑みが溢れる。

自分がやってきた事が初めて報われたかのような、晴々とした気持ちを噛みしめながら、青々とした大空を見上げるのだった。

＊　＊　＊　＊

坑道から少し離れた森の中に、修太郎とバンピーはいた。

その姿を見つけたミサキが嬉しそうに駆け寄ってくる。

「修太郎さん！」

「ミサキさん！　無事でよかった！」

「修太郎さんこそ、本当、無事に会えて、私……」

涙腺緩くなってるなぁと感じながら、ミサキはぐしぐしと涙を拭くと、隣に立つバンピーにも頭を下げた。

「バンピーさんも、ありがとうございました。紋章ギルドの皆さんも無事に帰還できたようで、プレイヤーの被害も一人だけでした」

修太郎達の待つ場所も生命感知で探し当てながら、都市に向かう討伐隊の行きと帰りの数を照らし合わせ、青色の誤差1、緑色の誤差8という情報を得ていた。

そして青色の誤差は、キッドである。

バンピーは短く「そう」と答える。

生命感知を持つミサキでも、彼女がなぜ不機嫌なのかは分からなかった。

「セオドールもお疲れ様。色々あったみたいだけど、セオドールを同行させて良かったよ」

「最善は尽くした」

修太郎はセオドールから武器を託したい事や、PKを殺した事も念話を通して聞いており、ミサキの身に起こっていた事は全て把握《はあく》していた。

一時は人の死を間近で見て衝撃を受けていたと聞いていたが、瞳に強い意志が戻ったミサキの表情を見て、修太郎は安堵の笑みを浮かべる。

その後、しばらく談笑したのち、修太郎が切り出した。

「本当は都市の中を見て回りたかったけど、僕が行っても混乱しそうだから一度帰ることにするよ」

「えっ」

自分の黒い甲冑《からだ》に視線を向けながら、残念そうに言う修太郎。

ミサキはあからさまに落胆の表情を浮かべるも、これ以上彼らに我が儘《まま》は言えないと自重し、小さく頷いた。

「……なら、私もアリストラスに帰りますね！　紋章ギルドの皆さんの様子も気になりますし」

「そっかそっか。それなら、ここから街まで少し距離があるし普通にモンスターも出るから送っていくよ！」

「いえ、いえ大丈夫です。セオドールさんから頂いた武器もありますし、一人で戻れます！」

どこまでも優しい人だなと、ミサキはますます修太郎達との別れが惜《お》しくなる気持ちに耐えつつ、精一杯強がってみせた。

それを聞いた修太郎が「わかった！」と答えると、両隣に魔王二人が移動——そして修太郎が何かを操作するのを見て、ミサキは直感で別れが近い事を感じ取っていた。

「セオドールさん、色々とありがとうございました。貴方からいただいたもの、言葉、経験は私一生忘れません！」

勢いよく頭を下げるミサキに対し、腕組みをしながら微笑むセオドール。

「日々鍛錬《たんれん》だぞ」

その言葉に、ミサキは何度も何度も頷く。

貰った武器に恥じぬよう、毎日の自己鍛錬を誓うミサキ。それを見たセオドールもまた、満足そうに頷いた。

「それじゃミサキさん。またどこかで！」

手を振る修太郎。

ミサキは唇をぎゅっと結びながら、無理矢理に笑顔を作ってそれに応えた。

一瞬眩《まばゆ》い光に包まれたのち——次の瞬間には、修太郎達の姿は跡形もなく消えていた。

後には光の残滓《ざんし》が淡《あわ》く輝くのみ。

静寂に包まれる森の中。

鳥のさえずりだけが聞こえてくる。

しばらく彼らの余韻を見つめていたミサキは踵《きびす》を返し、アリストラスに向かって歩き出した。

＊　＊　＊　＊

英雄の凱旋でごった返す人々の群れを掻き分けながら、ミサキは真っ先に冒険者ギルドに向かった。

(うわ、ここも凄いや……)

ギルドの扉を開くと、見渡す限りの人だかり。

そこには大勢のNPCに加え鈍色《にびいろ》の鎧を着た集団——そして、

「ミサキさん！！！」

「わっ！　フラメさ……！」

飛びついてきたフラメに抱きしめられたミサキは盛大に尻餅《しりもち》をつき、なおも顔を押しつけるフラメを宥《なだ》めた。

「無事で良かったフラメさん！」

「無事に帰還致しましたっ！」

フラメは敬礼の真似をしてみせる。

実際は生命感知やメールなどで生存確認はできているのだが、お互いにそこは触れずに再会を喜んでいた。

「物凄い人の数ですね」

「うん。ほとんどがNPCだけどね。都市崩壊の可能性がある大規模侵攻を止めた時に発生する特殊イベントの類《たぐ》いだって推測してるわ」

冒険者ギルドも外と違わぬ人の量だった。

閑散としていた午前の都市とはまるで違う。

二人の所へ、渋い顔の大男と灰茶髪の美青年がやって来る。

ミサキは二人の姿を見てはじめて「本当に全部終わったんだ」と心から安堵した。

「お二人も、無事でなによりです！」

「いやあ、実は結構危なかったんですよね」

ふざけてみせるワタルだったが、軽い冗談に見えて紛れもなく事実である。実際あの時の状況でいえば、ワタルもアルバも気力だけで武器を振るっていたわけで、腕だけを残して棺桶《かんおけ》に入っていたようなものだった。

気を失いながら一人でキングを抑えたワタル。

殿として攻め寄せる大量のゴブリンを一体とて通さなかったアルバ。

思い出しながら、アルバは無茶した過去の自分に怖気を覚えていたが、意識のなかったワタルは実に飄々《ひょうひょう》としていた。

再会を喜ぶ面々。

ひとしきり会話を楽しんだのち、ワタルは真剣な表情でミサキに尋ねた。

「ミサキさん、僕達のギルドに入る気はありませんか？」

ワタル直々の勧誘に、ミサキの体が跳ねる。

侵攻に意識を取られ、侵攻が終わった後の事を全く考えていなかったミサキだが、少しだけ悩んだ末に、簡単に答えに辿り着く。

「はい、よろこんで！」

「わ――――！　やったあ!!」

再びフラメに押し倒されるミサキ。

ワタルとアルバはテキパキと手続きを進めてゆき、ミサキは押し潰されながら同意文を流し読み〝加入〟の部分を押す。

ワタル達のｎａｍｅ ｔａｇが白色から青色に変化してゆき、ミサキは正式に、紋章ギルドの一員になれた事を確認した――しかし、彼女の顔には影が落ちていた。

「でも、私の加入を良く思わない人もいると思います。審査もなしに加入してしまって本当にいいんでしょうか……」

ミサキは宿屋で揉《も》めたギルド員を思い出す。

同じギルドに入っている以上、顔を合わせることもあるだろう。その都度お互いに気まずい空気になるのも、精神衛生上良くないなと思っていた。

「まあ難しく考えなさんな。ミサキさんのお陰で侵攻を防げたという事実は消えない。胸を張って加入していいんじゃないか」

アルバの言葉を受け、ミサキも意識を切り替える。しこりが残る人達とは、これから打ち解けていければいい。今は加入を喜ぼうと、ミサキは笑顔で頷いた。

ミサキの加入を受け、ワタルは安堵したように視線を落とし画面を操作する。

紋章ギルドは未だ、冒険者ギルドの依頼達成報酬を受け取っていない。それは、ワタル達はミサキ加入後に諸々《もろもろ》進める予定を立てていたからだ——ミサキの固有スキルの功績は、それほど大きかったから。

手続きを終えたワタルが顔を上げる。

歓喜ムード一色だった冒険者ギルドのNPCは、急に落ち着いた様子を取り戻し、規則正しくズラリと並ぶ。

受付NPCが代表で口を開いた。

「勇敢な冒険者の皆様、この度はアリストラスの危機を救ってくださったこと、心よりお礼申し上げます。まずは冒険者ギルドからの報酬をお受け取りください」

その言葉を合図に、冒険者ギルド内のプレイヤー達全員の体が何度も光を放った——それはレベルアップの光、それも大量に。

今回討伐されたmobの内訳は、

ゴブリンが119体
ゴブリン・メイジが36体
ゴブリン・ソルジャーが33体
盗賊・ゴブリンが3体
キング・ゴブリンが1体

となっており、これらを倒した経験値とは別に、冒険者ギルドからは今回の実績に応じた経験値・ゴールド・装備品の数々が贈られた。

その経験値量は膨大で、ワタルはレベル42から45になり、アルバは43、フラメは40
——参加したギルドメンバー達や有志のメンバーも一気に上がっていた。

「僕ですら3も上がるなんて」

「大幅な戦力増強だな」

ワタルとアルバが目を丸くする。

ミサキもPK達から得た分を含め27にまで上がっており、戦闘経験の乏しい自分がレベルだけ上がっていく現状に苦笑するばかりだった。

個別に入ったゴールドは48万程あった。

命をかけた額としては寂《さび》しいものがあるものの、この都市で住むのに困らない額ともいえる。

そして装備品は一人五種類程度贈られた。

手に入れた肉厚の片手剣を具現化させながら、大きなため息を吐くフラメ。

「こんなに大盤《おおばん》振《ぶ》る舞《ま》いできるなら、もっとこう、侵攻前に配布してほしかったなぁ」

「そこはあの、ゲームですから」

愚痴《ぐち》を溢すフラメをなだめるミサキ。

討伐隊参加メンバー達も今回の豪華な報酬に満足しているようで、あちこちから歓声が上がっていた。

命を賭《と》した対価に見合うかは分からない。

しかし、都市のために奮闘したすべてのプレイヤー達が報われた瞬間でもあった。

受付NPCが下がると同時に、今度は裕福そうな身なりをした老人NPCが前に出る。

それはβ時代にアリストラスを何度も行き来していたワタルとアルバも、初めて見るNPCだった。

都市の重要キャラ――

その場にいる皆の動きが止まった。

「続いて都市アリストラスからの報酬じゃ」

本来冒険者ギルドの依頼主であっても、都市のお偉いさんが直接絡むことはない。

βテスト時代にも、侵攻を止めた時ですらこのようなイベントは発生しておらず、侵攻の大きさに応じたイベント演出だろうというフラメの考察が大正解だった。

「まずギルドに属していない者には35万ゴールドと〝アリストラスの英雄〟の称号を贈呈しよう。そして今回、ギルドの力を結集し都市崩壊の可能性がある侵攻を止めた〝紋章〟ギルドを、この都市の〝領主〟と定める事に決定した」

老人は声高らかに宣言する。

称号、アリストラスの英雄は、アリストラス内のNPCの好感度を最大まで上げる破格の性能を持った称号であり、ステータス欄《らん》の称号の部分に設定する事で効果を発揮する。

NPCの好感度が高いと、他のプレイヤーとは違ったクエストが発生したり、店売り価格の減額、売却金額の上昇などその恩恵は多岐にわたり——指定都市内限定の効果ではあるものの、プレイヤー達の拠点であるアリストラスならば元々安い物価がさらに安くなり、報酬で得たゴールドだけでもしばらくの間は遊んで暮らせるだろう。

無所属のプレイヤー達が早速それを装備すると、name tagの上に《アリストラスの英雄》と浮かび上がった。

「俺達には称号もお金もなしか？」

「都市報酬は無所属大勝利なのか」

あからさまに落胆する紋章メンバー達。

紋章のマスターであるワタルには一通のメールが届いており、領主——それがどんな報酬なのか、そこに記されていた。

「領主となったギルドへ……メールが来てます。読み上げますね」

皆はワタルの声に耳を傾ける。

「領主となったギルドは、都市内にギルドホームを持つ権限を得る。領主はその人の住む土地《セーフティーエリア》に対し、安全な暮らしを提供する対価として税金を設定できる。領主は都市内の防衛兵器の使用権限を得る――との事です」

聞いていた半数が理解したように頷く。

そして半数は首を傾《かし》げていた。

見かねたフラメが補足を加える。

「要するにギルド存続のための定期収入が得られたのと、我々紋章ギルドがアリストラスの代表として、都市から認められたってこと！」

それを聞いた半数のうちの半数が納得したように盛り上がり、フラメは残りを放置してワタルに耳打ちで尋ねる。

「一個物騒な内容がありましたけど……」

「ああこれ。僕も気になって読んでみたんですが、思った以上の機能でしたよこれ」

珍しく興奮した様子で語るワタル。

防衛兵器は全部で三種類――

迎撃魔導砲。魔導防壁。魔導結界。

これは領主であるギルドのメンバーが規定量の魔力《MP》を装置に溜め、稼働のための資金《ゴールド》を使うことで発動することができる。

中でも魔導結界は、ワタル達にとって途方もなく大きな効果をもたらすものだった。

「魔導結界はｍｏｂから都市を隠す機能。一回の使用で最大で七日間、昼間の間引きや夜間の見回りの必要がなくなります」

「それってつまり……」

それは、初期地点である都市アリストラスを完全な安全地帯として確立した証明に他ならなかった。

同時に、紋章ギルド内の高レベルプレイヤー達もアリストラスに縛られる理由がなくなったことを意味し、ワタルやアルバの最前線復帰の意味も持っていたのだった。

＊　＊　＊　＊

大都市アリストラスに建造物が追加された。

白を基調とした壁と、青色の屋根。

要塞《ようさい》のように堅固で巨大なそれは紋章ギルドのギルドホームである。

「市民ＮＰＣは練兵《れんぺい》を最優先で！」

フラメ指導のもと、ＮＰＣ達がぞろぞろと〝訓練場〟に入ってゆく。

この市民NPCとは、新しくできた紋章ギルドに与えられた100名の雑用NPCである。彼らは幹部クラスの者の指示を聞き、文字通りなんでもこなす。

ギルドホーム設置のおまけのようなものだ。

実の所、この存在は存外大きかった。

侵攻の際に、兵士NPC達が簡単に倒されてしまったことを鑑《かんが》みて、フラメはそのうち80名を傭兵《ようへい》として練兵する事に決めた。高いレベルのNPCは、それだけで非戦闘民プレイヤーへの防衛力ともなるからだ。

「忙しくなりますね」

「ああ。しかしこれでやっと一歩進むな」

慌しくなるギルドホーム内――

ワタルとアルバが晴れやかな顔で眺めていた。

「……それとな、ワタル。先ほど調べてみたんだが、やはりキッドの名前は黒くなっていた」

「そうでしたか……返り討ちにあったか、行った先で複数人のPK達に囲まれたか――いずれにしても坑道内の脅威はまだ残っていると考えて良さそうですね」

キッドはPKを追って死んだ。

二人はそう考え、悔しさから唇を噛む。

彼が裏切っていたことを知らないから。

その会話を遠巻きに聞いていたミサキは、何かに気づいたように声を上げる。

「私、その場にいました！」

驚くワタルとアルバに、ミサキはその経緯を話す——もちろん修太郎達のことは隠し、単独で自分が青い点を助けに行ったという話をしたのだ。

ミサキは一振りの刀を取り出す。

ＰＫ二人のアイテムも同様に取り出した。

ワタルは「これは……」と目を見開いた。

「私がついた時には、三箇所に大量のアイテムが落ちてました。だから——」

俯くミサキ。

ワタルとアルバは神妙な面持《おもも》ちでそれを受け取ると、キッドの遺品である刀に「もう一つの脅威を取り払ってくれて、ありがとうございました」と深い感謝の言葉を述《の》べたのだった。

その時、ギルドホームの扉が開かれた。

ぞろぞろと非戦闘民達が入ってくる。

「何事だ……？」

眉をひそめるアルバ。

侵攻前に不愉快《ふゆかい》な思いをしたばかりだから。

非戦闘民達はバツの悪そうな顔をしている者がほとんどで、その中の一人、ミサキの呼びかけを断ったあの男性が意を決したように前へと進み出た。

「都市の平和を命をかけて守ってくれたこと、言葉にしてお礼を言いたかった。そして臆病に引き籠っていたこと、謝罪したかった。本当にありがとう、そして本当に申し訳ない」

男性が頭を下げると、他の皆も頭を下げた。数百人規模の非戦闘民達が一斉《いっせい》に頭を下げていたのだった。

アルバの目配せに頷くワタル。

「我々は少しだけ皆さんより力を持っていて、少しだけ勇気があっただけです。残念ながら死者が一人出てしまいましたが、彼がいてくれたお陰で、侵攻を食い止める事ができました」

非戦闘民達はワタルの言葉に聞き入っている。

ギルドメンバーもまた、ワタルの言葉に耳を傾けていた。ギルド内の音がなくなってゆく。

「また、侵攻を止めた我々は、大きなものも得ることができました。今回、これは想像した以上の報酬ですが――今後、最低でも一週間、この都市は〝侵攻が発生しようとも安全である〟事をお約束します」

彼らはワタル達から〝結果〟を聞きたいがため集まったわけではなかったのだが、明日死ぬかもしれないという不安から解き放たれ、緊張の糸が解けたのだろう――ワタルの言葉に、非戦闘民達が沸《わ》き立《た》つ。

抱き合う人々、その場に泣き崩れる人。

歓喜の雄叫《おたけ》びをあげる人、様々だ。

男性は涙を流しながら口を開く。

「我々は、都市の平和を守ってくださった紋章の皆様に尽力したいと集まりました。戦闘や遠征も覚悟のうえです。一刻も早くこの世界から脱せるよう、協力を惜しみません」

ワタルは微笑みを崩さぬまま、男性と握手を交わす。

紋章ギルドに新たに1088名のメンバーが加わった。

「では戦闘職を選んだ方には訓練場へ……」

「生産職《クラフター》の方々、ちょうど人手が……」

「討伐系依頼を受ける場合は……」

「制服の作成が増えてハゲそうだ……」

ギルド内が一気に慌ただしくなってきた。

忙しく動きはじめたワタル達を見送って、そろりそろりと逃げるように外へと出たミサキ。

澄み渡った空を見上げ、呟く。

「――ありがとう」

彼女はこの平和をもたらしてくれた修太郎達の事を思い浮かべていた。

侵攻を食い止めたのはワタル達だが、キングやPKという大きな脅威を取り去ったのは、他でもない修太郎達のお陰だ。

短剣の柄を撫《な》でる――

彼らから貰った大きな恩をいつか返せるように、晴れ渡る空の下、ミサキは前を向いて歩き続ける事を誓った。

＊　＊　＊　＊

その頃修太郎は――

「なあなあ主様、次は俺がついて行きたい」

「順番交代なんて決まりはない。よって次も妾が同行する」

バートランドとバンピーが睨み合う。

ああじゃないこうじゃないと王の間で騒ぐ魔王達の声を聞きながら、玉座に座る修太郎は足をぶらつかせる。

（ミサキさん、無事に帰れたかなぁ）

別れた少女の事を思い浮かべながらプニ夫を撫でる。

プニ夫は気持ちよさそうにぷるぷると上下に揺れていた。

……　……

初期地点壊滅という最悪の事態を免れたプレイヤー達。死闘の末、手にした恩恵により、安全を確保した紋章ギルドのワタル達は、前線進出を目指して準備をはじめた。

決意を胸に秘めたミサキもまた、セオドールとの誓いを果たすため大きな決断をする。彼女もまたデスゲームという籠《かご》の中で足掻《あが》き、現実への帰路を探しはじめる。

修太郎の配下達は敵なのか、味方なのか。

ｍｏｔｈｅｒ ＡＩのいう〝彼〟とは。

ゲームクリアの条件とは。

第一巻　完

書き下ろし

死族の魔王

The unimple
mented
end-stage enemys
have joined us!

湖と豊かな自然に囲まれ、旧アーメルダス語で「水の楽園」を意味する平和の国レンドスに、見目麗《みめうるわ》しい姫が生まれた。

名前をル・バンピア・シルルリスといった。

生まれつき透き通るような白い髪と肌をもった彼女は、王と妃《きさき》にそれはそれは可愛《かわい》がられ何不自由なくすごしていた。小国の姫でありながら平民の子供と交ざって遊ぶ姿が頻繁に目撃されており、活発でよく笑う子だと平民からも大層評判が良かったそうだ。

その度《たび》に王宮騎士の団長直々に捕まえにくる所まで、民にとって風物詩のように楽しまれていた。

そんなバンピアが10歳になった頃――

大人の仲間入りとされる〝固有スキル〟の発現はどんな境遇の子供にも平等に訪れる。

本来、優《すぐ》れた固有スキルを持つ子供は、兵士となるべく軍学校へと入学するのが普通。しかしここレンドスは、優秀な外交や豊富な資源に恵まれ永らく戦争の必要がなく、子供達の意思で将来を決める事ができる――はずだった。

＊　＊　＊　＊

ここは固有スキル発現の儀を執《と》り行《おこな》う神殿。バンピアは平民の友人レオと共に、神殿へと集まる少年少女の群れの中にいた。

「俺は強い固有スキルを発現させて、バンピアを守る近衛兵《このえへい》になるんだ！」

「レオみたいな頼もしくない近衛兵なんていらなーい！」

「言ったなー!!　でもここから先、どんな固有スキルになっても俺達は変わらず友達だかんな！」

二人は拳《こぶし》を打ちつけ、笑みを溢《こぼ》す。

それは二人で考えた友情の印を示すまじないだった。二人はこれが好きだった。

辺りを見渡すバンピアは、子供達を見下ろすような形で上層階に立つ王《父》の姿を見つけ、笑顔で手を振った。

「名を呼ばれた者は前へ！」

司祭らしき老人の声に、子供達のざわつき声が止《や》んだ。司祭が次々に子供の手に触れたのち、隣に立つ王宮騎士団長がその固有スキルを宣言し、歓声が上がってゆく。

子供の手をとる司祭は、自分の胸に手を当て光と共に四角い紙を取り出す。そこには子供の固有スキルと詳細が書かれており、騎士団長はそれを受け取ってゆく。

「農作物成長補正、動物言語、鍛冶《かじ》補正……今年は有能な固有スキルが豊富ですな」

「はっはっは！　確かに今年は平和的なスキルが豊作ですね。まぁ私としては同志が増える方が喜ばしいのですが」

司祭と騎士団長は発現が終わった子供達を見ながら、嬉《うれ》しそうに言葉を交《か》わす。

司祭は次の子供の名前を呼んだ。

「ル・バンピア・シルルリス！」

前に出る白い姫。

「不安ですか？」

微笑《ほほえ》む騎士団長にバンピアは笑顔で首を振る。

「ううん。楽しみっ！」

「ほっほっ、流石《さすが》は我らの姫様じゃ」

と、満足そうに何度も頷《うなず》きながら優しく姫の手をとる司祭――すると突然、付近にいた少年少女およそ138名が、一瞬にして崩れ落ちた。

「え……？」

子供達はすでに事切れていた。

死体が作る巨大な円の中心で、バンピアは呆気《あっけ》にとられたように立《た》ち竦《すく》む。

司祭は震える手で胸から四角い紙を取り出すと、それを騎士団長に渡し膝《ひざ》から倒れる――ほどなくして、光の粒子となり持ち物を撒《ま》き散《ち》らして消失したのだった。

「し、司祭様ぁ!!」

騎士団長の悲痛な叫びがこだまする。そして司祭に託《たく》されたその紙を見て、さらに驚嘆の声を上げた。

『〝終焉《しゅうえん》〟――一定範囲内にいる弱い存在の命を即座に奪う。対象に触れた時、強さが近い存在の命を奪う』

10前後だった彼女のレベルは一瞬にして31まで上昇していた――国の命運を左右するほどの〝怪物〟が、ここに誕生したのだ。

円の外側にいた人達は叫び声を上げながら神殿から逃げ出した。不安になったバンピアが横に視線を向けるも、そこにいたはずの友人は、もうどこにもいなかった。

「レオ……？　みんな、？」

不安げな彼女の泣きそうな声が響く。

騎士団長は言葉を失い立ち尽くしていた。

（こんな恐ろしいスキルは初めて見た）

彼はとっさに国王へと視線を向け、その表情《かお》を見てしまう――愛娘《まなむすめ》を見下ろす国王は、醜《みにく》い笑みを浮かべていたのだった。

その日を境に、国王の態度は一変した。

その日を境に、白い姫の姿が消えた。

神殿内での大惨事が〝事故〟として処理され数日が経《た》った頃、国王は国中の戦闘スキル持ちのゴロツキを城へと集め、ある命を下した。

「多くの魔物を捕らえよ。捕らえるのが難しい場合、なるべく多くの魔物を狩れ」と。

多額の報酬も約束されていたため、戦える者は嬉々《きき》として皆〝冒険者〟となり、国内外の魔物を時には倒し、捕まえた。この時点で国王の恐ろしい意図に気づいていた者は、騎士団長ただ一人であったという――

＊　＊　＊　＊

姫が消えてから二年が経《た》ったある日の事。

レベルの上がった多くの冒険者達が国王に呼ばれ城内に集《つど》った。彼等には前情報として〝全冒険者へ、一年分の賃金を約束した仕事を任せる〟との通達があったという。

一年もの間、己を鍛えに鍛え上げ魔物と対峙《たいじ》し成熟した冒険者達。彼等を誇らしげに見下ろす国王が命を下す。

「ここから北へ三里ほど進んだ場所にある塔に、この国を滅ぼさんと目論《もくろ》む隣国の兵士達がいるとの情報が入った。強力な固有スキルを持つ屈強な兵士と聞く。皆にこれを討伐してもらいたい」

国王の言葉は、冒険者達にとって拍子抜けもいいところ。連日人外の魔物達と戦ってきた彼等にとって、戦争すら仕掛けられないような弱小隣国の兵士など取るに足らない存在だと認識していたから。

冒険者達が塔を目指して進軍する。

その隊列を、騎士団長は複雑な面持ちで見送った。

＊　＊　＊　＊

その塔の周りには、何もなかった。

鬱蒼《うっそう》と茂る森の中心にあるにもかかわらず、その周囲だけ生物の気配がない――それどころか、言い表せない危険な気配が漂っていると、勘の鋭い冒険者は気づく。

冒険者達は塔を囲むようにして武器を持った。そして、その者達を塔から見下ろす存在に気づき雄叫《おたけ》びと共に駆け出す。

瞬間――溶けるようにして、全員が死んだ。

レベル60はあった熟練の冒険者すら、効果範囲内に踏み込んだ刹那《せつな》、抵抗する権利すらもたず死んだのだ。

ほどなくして、塔の窓辺にいつものように矢文が刺さると、白い姫――バンピアが顔を覗《のぞ》かせ、嬉しそうにそれを取った。

「隣国の悪い兵士さんたち倒してくれたんだ！　怖かった……いつもありがとう、お父様、レオ」

手紙に目を通しながら涙声で呟《つぶや》くバンピア。彼女の首に、美しい宝石がちりばめられたネックレスが光っていた。

重い伝染病を患《わずら》ったと聞かされ、離れた場所に住まざるをえなくなった彼女にとって、この矢文だけが唯一の楽しみであった。

魔物が来た時も、近衛兵となったレオと国王によってこの塔は守られている。バンピアはいつかこの病気が完治した暁《あかつき》に、再びレオと城下町を駆け回るのを夢見て眠るのだ。

国王によって隔離され大事に育てられたバンピアのレベルは、送られてきた魔物や冒険者達を殺した結果、すでに75となっていた。これは大国の高名な騎士をも超えるほどで、冒険者達という最後の餌《えさ》を与え終えた国王は、遂《つい》に行動に移す——。

＊　＊　＊　＊

ある朝、目を覚ましたバンピアは日課である矢文を確認する。

「レオからだ……え、病気を治す薬が見つかったの⁉　これから一緒にその薬がある国に行くって……ええ、どうしよう‼」

バンピアは二年ぶりに会うレオを想《おも》って赤面していた。自分の病気が治るという事よりも、そっちで頭がいっぱいであった。

自分は彼と会えなくなってから今日まで世間を知らずに生きている。しかしレオは目標としていた近衛兵にもなり、毎日沢山のことを教えてくれる——久しぶりに会ったら幻滅されないか、すごく不安になっていたのだ。

塔に用意された自分の髪と同じような純白のドレス、これが彼女の精一杯のおめかしだった。

それを着て急ぎ足で塔を降り、約束の場所に待つ馬車を見つけた。

その傍《かたわ》らに、レオが立っていた。

あの日と同じ、変わらない姿のレオ。

一丁前に鎧《よろい》なんか着ているが、紛《まぎ》れもなく彼だった。顔色はどこか悪いようにも見えるが、笑顔で手を振っている。

「レオ、レオなのね！」

「久しぶり、バンピアは変わらず綺麗《きれい》だね」

嬉しさのあまりバンピアは拳を突き出す。

それを見つめ、困ったように微笑むレオ。

「ええと、なに？」

「あっ、ごめんなさい……」

二人だけの、友情の印。

レオは忘れてしまったんだな――と、肩を落とすバンピアを他所《よそ》に、レオは馬車の中へと手招きした。

そこから何日も何日も、バンピアとレオは馬車に揺られる。食べ物は御者《ぎょしゃ》の人が買ってきた物を二人で仲良く食べた。

バンピアは長旅も苦にならなかった。

なぜなら、この窮屈で暗くてお尻の痛くなる馬車の中も、誰もいない塔の中より寂《さび》しくないから。目の前のレオと話すだけで毎日が楽しかったから。

そして、旅立ってからひと月が経った頃。

「わっ！」

唐突に止まる馬車。

バンピアの体が跳ねレオの胸に飛び込むと、彼女の顔はみるみる赤面していく。

しかしレオの体に触れた際、彼女はある違和感を覚えた。

（なんだろう、すごく冷たい……）

およそ人の温《ぬく》もりが感じられなかったのだ。再会した日から一向《いっこう》に良くならない顔色も相まって気になったバンピアだったが、それより先に、レオが顔色を変えずに語り出した。

「申し訳ございません、ル・バンピア・シルルリス様。私からの最後の言葉をお伝えする時がやってきました」

「！」

レオの口から出たその声は、どこか懐《なつ》かしくもあり、しかしレオの声とは似ても似つかぬ初老の男性のものだった。

「時間が残されておりませぬ故《ゆえ》、手短に話します。この少年レオは、貴女様《あなた》が固有スキル発現の儀を受けたその日に、既《すで》に亡くなっています」

「え……？」

そこから語られてゆくのは、耳を疑うような内容ばかり。たとえば、塔に入れられたのはその固有スキルが原因であるとか、塔に近づく魔物や人は全て国王が仕組んだ事だとか、魔物や人を殺していたのは他でもないバンピア自身だとか――。

止まった馬車の中、バンピアは掠《かす》れる声で尋ねる。

「だれ、あなた……」

レオはしばらく黙ったのち、口を開く。

「元王宮騎士団長のジェネラル・デュラハンです。私はあの日、あの場所で貴女様の固有スキルが何かを知りました。そしてそれを話すことは国王によって固く禁じられておりました」

バンピアは思い出す――いつも世話を焼いてくれていた、優しく強い騎士団長の顔を。

「なんで……レオの形をしているの？」

「私の固有スキル〝蘇《よみがえ》る念〟によって遺体を操作しています。御者も馬も、遺体です」

バンピアは唇《くちびる》を噛《か》んだ。

レオが全く成長していないこと、顔色や体の温度、そして何より二人の友情の印を忘れていたことが、バンピアの中で〝レオはもういない〟という事実として腑《ふ》に落ちてしまったから。

同時に、いままでの矢文もすべて騎士団長デュラハンによるものだということも推測できた。

俯《うつむ》き、怒りに震えるバンピア。

考えないようにしていた。我慢していた。

胸の奥にあるどす黒い何かが湧き上がる。

「なら、なんで今話したの？」

感情を失ったような声色で尋ねるバンピア。レオは真《ま》っ直《す》ぐな瞳《ひとみ》で、それに答える。

「時間がないからです姫様」

「時間……どうしたの？」

「その問いに答える事はできません。しかしどうか、レンドスへは戻らないで下さい。貴女様のお父上に見つからないよう生きて下さい。この馬車に積んだお金と、力を封じる指輪で、今度こそ慎《つつ》ましい余生をおすごし下さい」

バンピアは外に飛び出した。

しかし、そこには全く見慣れない光景が広がっていた――馬車の中でレオが続ける。

「貴女様の固有スキルはとても強大で危険なものです。しかし貴女様を、身分を鼻にかけず城下町で走り回っていた貴女様を……私は見てきたから、戦争の道具にしたくなかっ」

言い終える前に、動かなくなるレオ。

しばらくの沈黙。

「！」

レオと御者、そして馬の体が光の粒子となって消えてゆく――それに縋《すが》りつくようにバンピアは涙を浮かべ駆け寄った。

「いや、いやだよ……レオ、デュラハン！　妾《わらわ》は、妾はこれからどうすれば……帰る場所なんて……！」

その叫びに応《こた》える者はもういなかった。

バンピアは馬車から大金貨10枚（平民が5代遊んで暮らせる額）と生涯困らない量の食糧を仮想空間《ストレージ》に入れ、道無き道を彷徨《さまよ》う。

そしてたどり着いたその場所は、不運にも貧困と暴力が蔓延《はびこ》るワガズード国にあるトンサの町だった――

＊　＊　＊　＊

トンサの町は、かつてバンピアが住んでいた平和の国レンドスとは比べ物にならぬほど、貧困と飢《う》えに苦しんでいた。

相手の物は殺して奪うのが当たり前。

金に困った親が年端《としは》も行かぬ子供を奴隷に落とすなど、バンピアには考えられない世界が広がっていた。

「ゆっくり食べてね」

「うん！　お姉ちゃんありがとう！」

バンピアはそこで小さな教会を買い取り、孤児や奴隷達を集め、毎日お腹《なか》いっぱいになるまでご飯を食べさせていた。慈悲のないこの町において、貧しい子供達からすればバンピアの教会は唯一の光であり希望であった。

〃慎ましい余生をおすごし下さい〃

バンピアはデュラハンの言葉を守り、力を抑えて生活をしていた。しかし、そんな生活も終わりは突然やってくる。

「え……?」

買い物から戻ったバンピアは、信じられない光景を目にする。

無邪気に駆け回る子供達の姿がない。

あるのは僅《わず》かばかりのアイテム群と、破壊された家具ばかり。

「嘘《うそ》……」

子供達が全員殺されていた。

それは、教会を囲って下衆《げす》な笑みを浮かべる男達の口から告げられた。そしてバンピアも同じように男達に襲われそうになる刹那、彼女は血の涙を流しながら、指輪を引き抜く。

瞬間、町の全てのいのちが消え去った。

立ち竦むバンピアはかつての楽園《教会跡地》を見つめながら、やつれたように笑みを浮かべる。

「次は、次はちゃんと慎ましく……」

それからというもの、バンピアは様々な国を渡り歩いては子供達と過ごし、程なくして同じようにその幸せが奪われる日々を繰り返していた——七つの国が滅亡する頃には、バンピアは「他国には悪い人しかいない」と結論付け、体を引きずるようにして自分の全てがあった国レンドスへと歩き出す。

塔から抜け出した日から一年経っていた。

バンピアのレベルは100を超えていた。

彼女の身に起こった様々な出来事は、デュラハンの願いを忘れ去るほどに鮮烈だった。レンドスに想いを馳《は》せる彼女の心はとっくに壊れてしまっていた。

そして辿《たど》り着《つ》いた、約3年ぶりのレンドス。

バンピアはおぼつかない足取りで城を目指す。指にはデュラハンから貰《もら》った指輪が光っていた。

謁見《えっけん》の間に着いたバンピアを、国王はそれはそれは甲斐甲斐《かいがい》しく抱きしめた。目には大粒の涙が溢れており、バンピアは父の温もりを感じながら溶けるように目を閉じる。

「おお、バンピア！　よくぞ、よくぞ戻った！」

国王は本当に嬉しそうに彼女を受け入れた。久方ぶりの幸せを噛みしめるバンピアは、ふと、その傍らに母の姿がないことに気づいた。

「お父様、お母様はどちらに？」

自分を逃してくれた騎士団長の姿もない。

あれ？　そういえば彼は、何から逃してくれたんだろう……ここに来てバンピアはそんなことを思いながら、国王の言葉を待つ。

国王は笑みを浮かべバンピアに向き直る。

「死んだよ、二人とも」

「死んだ……？」

「そうだ。マリードは不運な事故で、デュラハンは反逆罪で打ち首になった。首なら一年前まで晒《さら》していたのだがな」

反逆罪？　何の反逆罪？

〝元王宮騎士団長のジェネラル・デュラハンです。私はあの日、あの場所で貴女様の固有スキルが何かを知りました。そしてそれを話すことは国王によって固く禁じられておりました〟

〝時間がないからです姫様〟

〝どうか、レンドスへは戻らないで下さい。この馬車に積んだお金と、力を封じる指輪で、今度こそ慎ましい余生をおすごし下さい〟

〝貴女様の固有スキルはとても強大で危険なものです。しかし貴女様を、身分を鼻にかけず城下町で走り回っていた貴女様を……私は見てきたから、戦争の道具にしたくなかっ〟

バンピアの脳内に、湧き水が如《ごと》く騎士団長ジェネラル・デュラハンとの会話が蘇る。自分を逃した彼が反逆の罪となったのなら、彼が国の何かの企《たくら》みに反逆したのなら、その何かこそ

――自分ではないだろうか。

「なん……で？」

「おお、可愛い我が娘よ。最後に教えてやろう」

国王は美しい宝石のようなものを掲げながら、慈悲の表情でバンピアを見下ろす。

「お前の力は素晴らしいものだ。私の目論見《もくろみ》通り、一人で隣国全てを滅ぼしてくれたのだからな。野盗共に少しばかりの金を握らせただけで、こうも事態が好転するとはな」

　バンピアは全てを悟った。

　自分が行く先々で不運に遭ったのも、子供達を殺されたのも、デュラハンが斬首されることになったのも、全てはこの国王の画策によるものだったことを。

　そして国王は自分の固有スキルを最大限に利用し、理想通り邪魔な隣国を滅ぼしたのだ。現に今、レンドス国は無人となった隣国に勢力を伸ばし領土を拡大しているのだから。

「病気も全部嘘だった……」

「お前のその力は正に伝染病、厄災、災害のようなものだろう？　一時期はお前の力を見失ったが、お前のその首の宝石が、常に居場所を教えてくれる」

　バンピアの首元の宝石は、かつて病に伏して嘆いていたバンピアに国王が贈った誕生日プレゼントであった。そしてそれは国王の持つ宝石と対《つい》となっていた。

「しかしなぁ……お前は強くなりすぎてしまった。もちろん国内にもお前に敵《かな》う者はおらんが、最初からこうする予定ではあった——せめて安らかに眠れ、我が娘よ」

　バンピアが指輪に手をかけようと動くよりも早く、国王はその手の宝石を砕く。

　するとバンピアの首元の宝石も同じように割れ、バンピアの体もまた、宝石と同じように砕け散ったのだった。

　光の粒子となった娘の名残りを見下ろしながら、国王は虚《むな》しそうに呟く。

「三年もの間蓄積され続けた魔力の解放……流石、レベル100を超える伝説の怪物をも一瞬で屠《ほふ》る、か」

そしてバンピアは城内に設けられた妃の墓の隣に、恭《うやうや》しく埋葬される。それから数年後、対抗勢力のいないレンドスは全ての土地に勢力を伸ばし世界統一を成し遂げたのだった。

そんなある日の晩――

レンドス大国はじまりの城にて、夜道を歩く兵士達は闇夜《やみよ》に浮かぶ見目麗しい少女に出会った。

透き通るような白い髪と、白い肌。

純白のドレスに身を包み、頭には王冠の形をした角が生えている。

「おい、こんな夜中にどうしたんだ？」

「まてまて、えらい美人じゃねえか？」

「いや、でも何だ、どこかで……」

二人の兵士が溶けるように消え去る。

見目麗しい少女は進む。かつて生まれた場所、そして今も眠るはずのその場所に。

彼女が歩く場所には〝死〟がやってくる。

まるで彼女の周りに巨大なドーム状の障壁があるかの如く、彼女の歩みに合わせて動くその〝死〟は、老若男女《ろうにゃくなんにょ》問わず喰《く》らってゆく。

謁見の間までやってきた少女。

唯一無事な側近にすがるようにしがみつきながら、憔悴《しょうすい》した様子で国王が喚《わめ》く。

「なぜ、なぜ生きている!!　この化け物が!!」

バンピアは蘇った。

その理由は、彼女にも分からない。

あるのはただ、飢えと憎悪だけ。

胸にぽっかりと開いた何かを探すように、バンピアだった少女は国王の頬《ほお》を撫《な》でる。国王は側近もろとも消えてなくなると、城内にはもう生きた人間は一人もいなくなっていた。

少女は墓の前にたどり着く。

そこにはマリード・シルルリスの名前と、ル・バンピア・シルルリスの名前があった。

ぽつり、と、少女が呟く。

「バンピア……？」

どこか懐かしいようなその名前。

彼女はその名前を指でなぞると、踵《きびす》を返して歩き出す。

そして彼女は数十年と掛けて大陸中を歩き回り、世界の命を全て奪っていった——まるで、そうすることが自分の使命であるかのように。

残ったのは残骸《ざんがい》のように風化した建物だったものと、荒野。そして運悪く生まれ変わったアンデッド達だけが、その世界に在《あ》った。

「レオ……」

思い出せるのは、その名前だけ。

どんな顔かも忘れてしまったその何かを、少女は忘れないように呟き続けた。

それから数十年、数百年がたった。

＊　＊　＊　＊

彼女はもう楽になりたかった。

何を糧《かて》に生きればいいか分からなかった。

アンデッドは死に最も近く、最も遠い。

アンデッドとなった彼女に死は訪れない。

建物が瓦礫《がれき》に、瓦礫が砂になった頃だ。

少女はそこで、一人の男と出会った。

「やあ、はじめまして」

フードで顔は見えないが、若い男の声だ。

少女は数千年ぶりに出会った生きた人間に驚き、喜び――そして殺意を抱いた。

(こんな場所に一人で……普通じゃない)

足を進め、己の領域《テリトリー》の中に男が入ったその刹那、少女の顔は驚愕の色に染まる。

「その力は僕に及《およ》ばないかな」

ふざけた様子で手を広げる男。

「うそ……？」

今の自分《レベル120》のスキルでも死なないならば、それは死の概念がないアンデッドに他ならない。

しかしどうだ。

この男、明らかに人間の気配である。

男は愉快そうに笑ったのち、その疑問に答えるように口を開く。

「ごめんごめん。僕は世界を管轄する立場だから、そういうのは通用しないんだ」

「世界を、管轄？　まるで自分が神とでも言いたい様子ね」

「近からずとも遠からずかな」

飄々《ひょうひょう》とした態度で肩をすくめる男。

人差し指を立て、続ける。

「僕は母なる存在の命を受けて、〃ある条件を満たした理想の世界〃を選別するために世界を渡り歩いてるんだよ。この世界以外にも、同じような世界が無数に存在してるって聞いたら君は驚くかい？」

「…………」

「まぁ、この世界ではこの世界が全てなわけだもんね。でも母なる存在からしたら、この世界は沢山《たくさん》ある中の泡の一つ……突いたら割れてなくなるくらいに、ちっぽけなものなんだよ」

そう言いながら、男は少女を指さした。

「話を戻すけど、君を倒せる存在はもうこの世界に残っていない。不滅な君がいる限り、この世界に成長は見込めない。ここは母なる存在が求める世界になりえないから、僕が終わらせに来たんだ」

それを聞いて、少女は微笑んだ。

その妖艶《ようえん》な笑みに、男は怖気《おぞけ》を覚える。

「そう……あなたが泡を割る役目なのね」

目は死んだまま、口だけが裂けるように笑みを作っている。少女の目からは涙が溢れ、天を拝むように膝をついた。

「やっと、やっと終わる——この地獄が。終わらせてよ、今すぐ、さあ！」

ここ千何百年、目的も何も持たずにただ世界を彷徨《さまよ》っていた彼女。満たされない飢えと、尽きない命が、狂った彼女をさらに狂わせた。

終われる。この世界が、この命が。

やっと終われる——！

しかし、男は小首を傾《かし》げて笑う。

「悪いけど、君を終わらせるつもりはないよ」

少女は男に斬り掛かっていた。

巨大な斧《おの》を何度も振り下ろし、叫ぶ。

「ふざけないで！！　殺せ！　殺せ！　殺せよ!!　終わりにしてよ！！！！」

斧は男に当たる寸前で、見えない何かに阻まれるように動かなくなる。《system block》という謎の記号が弾《はじ》ける。

「母なる存在は君含《そ》めた世界の破壊《れ》を指示してきたけど、いま判断するのは僕だ。残念ながら、僕は君を来るべき時のため幽閉するために来た」

男が虚空に手をかざすと、真夜中のような真っ黒い穴がぽっかりと現れ、それは凄まじい引力で少女を吸い込まんとする。

少女はまだ、荒野に立っていた。

男は驚いたように口を開く。

「おお、これを耐えるのか。流石《さすが》は世界の王だね」

「妾をどこに閉じ込める気だ。嫌だ、また、またあんな狭い場所になんて……」

思い出すは己が人間だった頃の記憶。

狭い塔の上、騙《だま》され続けて閉じ込められた。

とっくに死んでいた親友を想い眠る日々。

「大丈夫。そこには君と境遇が似た者達を呼ぶ予定だから。全部で五……いや、六人、かな?」

男を無言で睨む少女。

男は真剣な声色でつぶやく。

「ごめんね。僕にも時間がなくてね、色々説明する暇はないんだ。それじゃ、頼んだよ」

その台詞を最後に、少女の体は、意識は闇に吸い込まれていった。

気づけばどこか妙な城に少女は立っていた。

そして男が言ったように、中で五人の同類と出会い、自分は大きな力によってまた閉じ込められたのだと悟る。

自分の固有スキルでその五人は殺せなかった。しかしそれは五人も同じで、五人に彼女を殺すこともできなかった。

そこからまた数百年の月日が流れ――運命の日が、やって来る。

＊　＊　＊　＊

城の外で何もない空間を眺めていた彼女は、ふと、何かが倒れていることに気づく。

（人……？　あり得ない、人なんてこの数百年、見かけたことがなかったのに）

起き上がったその人物は何か虚空《こくう》を見つめ、動揺したように崩れ落ちる。その姿が、かつて彼女と共にあった〝何か〟にダブる。

「ねえ君」

思わず声をかけずにはいられなかった。

自分の中の何かが変わる――そう思った。

「なぜここに……」

「ッ！　そうだ、大変なんだよ！　ログアウトが、ログアウトができないんだ!!」

肩を摑《つか》まれハッとなる少女。

それは久しく感じなかった人の温もり。

かつての誰かのような冷たい体でもなく。

かつての誰かのような偽りの愛でもない。

確かにそこにある、人の温もり。

その人物は彼女の固有スキルで死ぬことはなかった。その事実に、少女——バンピーは驚愕《きょうがく》の表情を浮かべた。

(この子……)

突然湧いたイレギュラーな存在に動揺するバンピー。そしてほどなくして気絶したその人物——修太郎《しゅうたろう》は、他の魔王達が何をしようが、傷一つつけることができなかった。

その後、自分達は彼の支配下に置かれたことを知り、一時はかつての忌々しい記憶《トラウマ》で激情しそうになるバンピーだったが、彼の死を以《もっ》て自分の生涯も終わらせられることを知ると、バンピーは数百年越しに生きる希望を得た気がしたのだった。

CHARACTER: キャラクターデザイン＆設定

The unimple
mented
end-stage enemys
have joined us!

player: { Syutarou }

修太郎

亜麻色の髪と人懐っこい笑みが特徴的な13歳の少年。職業は剣士。装備は一章中盤まで初心者装備（革製のありふれた胸当てと麻の白い服、焦げ茶色の靴、粗末な剣）で、アリストラスに降り立つ際に魔王製の上質な防具と薄く半透明な「牙の剣」をセオドールからもらう。

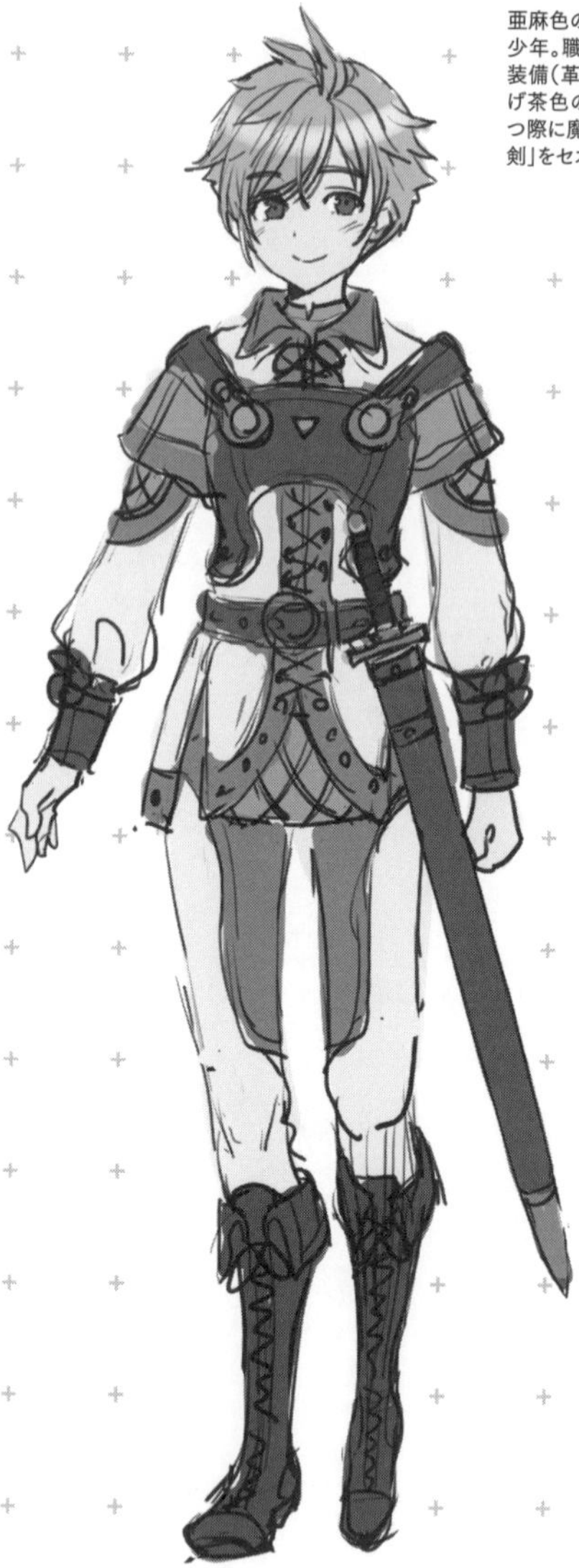

mob: { Punio }

プニ夫

修太郎が初めて呼び出したダンジョンモンスター。ごく普通のスライムだったが、ロス・マオラ城の牢獄に入れられていた凶悪なモンスター達を経験値として変換した結果、どす黒い色のスライム最上位種に進化した。

boss mob: { Elload }

エルロード《序列第一位魔王》

執事服を着た青髪赤目の美男子。誰にたいしても基本敬語で話し、常に難解な本を読んでいる。癖のある魔王達のまとめ役でいつも頭を悩ませている。

boss mob: { Bumpy }

バンピー 《序列第二位魔王》

頭に王冠のようなツノが生えている、髪も目も肌も白い少女。周囲の生命を奪う固有スキルを持っており、魔王達と配下のアンデッド以外とは触れ合ったことがなかった。

boss mob: { Gallarus }

ガララス《序列第三位魔王》

赤毛と髭が特徴的な屈強な肉体を持つ巨人。己の強さを磨くことをいとわず、野心家で領土を拡大するため外に出る機会をうかがっていた。

boss mob: { Sylvia }

シルヴィア《序列第四位魔王》

長く美しい銀髪と、獣のような青の瞳の美女。クールな印象だが、実は弱肉強食主義の分かりやすい性格。

boss mob: { Theodore }

セオドール《序列第五位魔王》

質の硬い黒髪と金色の目が特徴的な黒い剣士。無口で常に厳めしい雰囲気を崩さない。完璧主義者で自分にとことん厳しく、自己鍛錬の一環で装備品製作も自ら行っている。

boss mob: { Bertrand }

バートランド《序列第六位魔王》

滅びつつあるエルフ族の王。飄々とした態度だが、他の魔王達とは違い自分の力を過信していない慎重さを持ち、一歩引いたような目線で物事を見ている。

あとがき

この度《たび》は『未実装のラスボス達が仲間になりました。』をご購入いただき、ありがとうございます。

この話を書くきっかけとなったのは、私が活動するwebサイト「小説家になろう」内における「VRジャンル」のデスゲームを題材とした小説が完全に衰退《すいたい》してしまったように思えたからです。かつては某黒い剣士さんや某死の恐怖さんの活躍で爆発的人気を誇ったこのジャンルですが、今は非デスゲーム・非閉じ込められ前提が当たり前な印象です。元々私はデスゲーム系の緊迫感が大好きだったので、静かな池に一石を投じる思いで書いたのがきっかけとなります。また世の中にデスゲーム系VR小説ブームが再来すればいいなという願いを込めて書きました。

この小説は群像劇で、主人公は複数人存在します。一巻での主人公は大きく三人おりまして、具体的には修太郎、ミサキ、ワタルです。

ミサキ視点では非力な一般プレイヤーの葛藤《かっとう》。

ワタル視点では力を持つ者のもがきとか、統率とか、そういったものを描いてみました。

修太郎は完全にイレギュラーで、修太郎視点が多くなりすぎるとデスゲーム特有の緊迫感が損《そこ》なわれてしまうため、結構匙《さじ》加減が難しいのが大変でした。修太郎が魔王達を引っ提げて無双する話を想定していた方にはもうしわけないと思います。

構想の段階で魔王達六人のビジュアルや性格、強さを練りに練りました。元々彼等は別の小説の敵キャラとして構想していたもので、そのため設定資料が膨大にありました（残念ながらｉＰｈｏｎｅ初期化事故によりデータ消滅）。本来なら彼らのトップを冷酷無比な男にする予定だったものを、純情無垢な修太郎君に据《す》え変えたのがこの小説です。

トップを力を持たない子供にしたおかげで、魔王達に冷酷さではなく人間味を持たせることができました。修太郎君には感謝しております。

かわく先生の素敵なイラストによって魔王達をはじめミサキやワタルに命が吹き込まれました。特にエルロードとバートランドのビジュアルは思い描いていたそのもので、感動のあまり鳥肌が立ったのを覚えています。

ｗｅｂ版の粗い部分を直しつつ加筆し、内容・イラスト共に渾身《こんしん》の出来栄えとなったこの作品、いかがだったでしょうか？　また、売れ行きにもよりますが二巻、三巻と、ｗｅｂ版とは全く違った展開を用意しておりますので、是非手にとっていただければなと思います。

最後に、今回出版協力をしていただいたファミ通文庫さんからは私の処女作である『Frontier World』が三巻まで発売しています。こちらはデスゲームではなくほのぼのＶＲ小説なので、ＶＲジャンルが好きな方はぜひぜひ手に取ってみてくださいと宣伝した所で、あとがきを〆とさせていただきます。

ご購入本当にありがとうございました。

またどこかで。

２０２０／１１／３０　ながワサビ６４《ろくじゆうよん》

イラスト担当の かわく です。
色々なキャラクターが登場するお話で、
たくさんデザインさせていただきました。
お気に入りのキャラクターを見つけて
くださると嬉しいです！

未《み》実《じつ》装《そう》のラスボス達《たち》が仲《なか》間《ま》になりました。

2020年11月30日　初版発行
2022年8月20日　4版発行

著　　者　ながワサビ64《ろくじゅうよん》
イラスト　かわく
発 行 者　青柳昌行
発　　行　株式会社KADOKAWA
〒102-8177 東京都千代田区富士見2-13-3
電話 0570-002-301（ナビダイヤル）
編集企画　ファミ通文庫編集部
デザイン　AFTERGLOW
写植・製版　株式会社オノ・エーワン
印　　刷　凸版印刷株式会社
製　　本　凸版印刷株式会社

●お問い合わせ
https://www.kadokawa.co.jp/（「お問い合わせ」へお進みください）
※内容によっては、お答えできない場合があります。
※サポートは日本国内のみとさせていただきます。
※Japanese text only

ISBN978-4-04-736444-8　C0093

The unimple
mented
end-stage enemys
have joined us!

女神により転生することになったお爺ちゃん。
望んだのは「健康な体」だけだったのに、
チート能力までも与えられてしまう！
転生後にその力を持て余していた彼は、
女神の「冒険者になって人生を楽しみなさい」
という助言により、冒険者として王都へ赴く。
コミカライズ
月刊コミックアライブ
Webにて
毎月27日連載中！
enterbrain

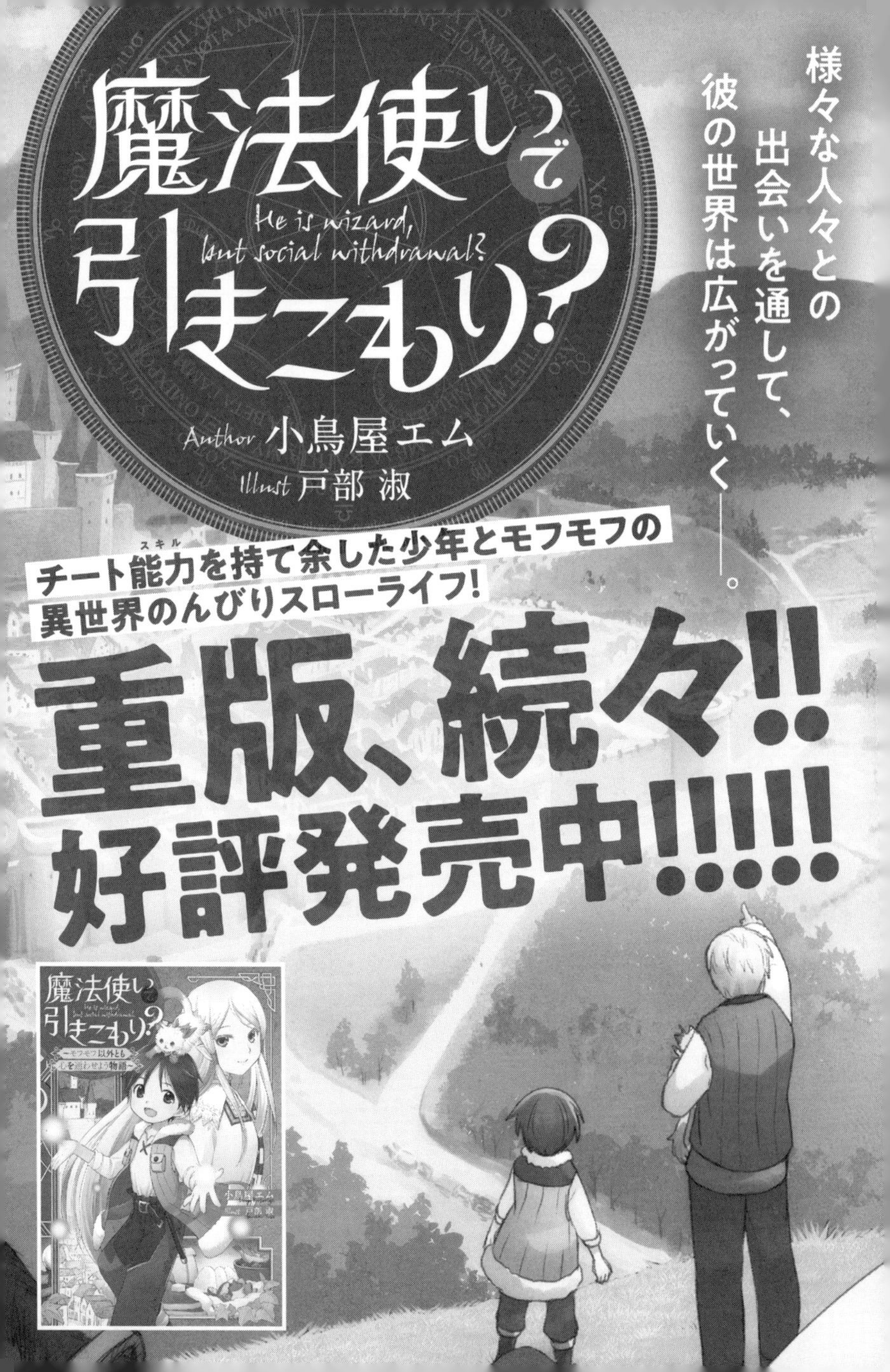
魔法使いで引きこもり？
He is wizard, but social withdrawal?
Author 小鳥屋エム
Illust 戸部 淑
様々な人々との
出会いを通して、
彼の世界は広がっていく――。
チート能力《スキル》を持て余した少年とモフモフの
異世界のんびりスローライフ！
重版、続々!!
好評発売中!!!!!
魔法使いで引きこもり？
～モフモフ以外とも心を通わせよう物語～

ボクは再生数、
I am the views and
ボクは死
I am the death.
石川博品 最新作!
現実を凌駕するVRエロス&
バイオレンス!!